全民微阅读系列

南岭的诱惑

NANLING DE YOUHUO

黄忠美 著

江西高校出版社
JIANGXI UNIVERSITIES AND COLLEGES PRESS

图书在版编目（CIP）数据

南岭的诱惑 / 黄忠美著. —南昌：江西高校出版社，2017.6

（全民微阅读系列）

ISBN 978-7-5493-6014-7

Ⅰ. ①南… Ⅱ. ①黄… Ⅲ. ①小小说—小说集—中国—当代 Ⅳ. ①I247.82

中国版本图书馆CIP数据核字（2017）第221618号

出版发行	江西高校出版社
社　　址	江西省南昌市洪都北大道96号
总编室电话	（0791）88504319
销售电话	（0791）88592590
网　　址	www.juacp.com
印　　刷	北京一鑫印务有限责任公司
经　　销	全国新华书店
开　　本	700mm×1000mm　1/16
印　　张	14.75
字　　数	166千字
版　　次	2017年6月第1版 2020年7月第2次印刷
书　　号	ISBN 978-7-5493-6014-7
定　　价	38.00元

赣版权登字-07-2017-1124

版权所有　侵权必究

图书若有印装问题，请随时向本社印制部（0791-88513257）退换

前　言

　　我热爱小小说,已经二十多年了。看小小说多了,我心里就有想写一下小小说的萌动。

　　我生在南岭,长在南岭。公元前215——前213年,秦始皇修筑"新道"。这条与"灵渠"齐名的新道,就是"潇贺古道"的前身。在这里中原文化、岭南文化、楚越文化交汇,呈现多元的格局。瑶族的各行各业、古道古镇古建筑、乡土乡风乡情、市民市井市貌、田园牧歌、风雨桥等等深深地吸引着我。南岭的街头巷尾、人间百态、社会热点、真情大观、芦笙长鼓舞……都是我关注的焦点。

　　南岭的山山水水养育了我。我有幸参加各种文学活动。2015年2月28日,农历正月初十正是富川人民刚刚开始启动上灯、炸龙的欢乐日子。我有幸受邀参加了市作家协会,富川文联举办的"古韵富川,美丽乡愁"笔会。2015年,6月19日,我应邀参加由广西文联《南方文坛》杂志社主办的贺州作家群创作培训班暨青年瑶族作家作品研讨会。2016年10月2日参加"江苏淮安总理故乡行首届中短篇小说"笔会。2014年以来,我先后加入广西小小说协会,贺州市作家协会。为了提高自己的写作水平,我报名参加了河南郑州的全国小小说高级研修班,读了四期。2016年8月参加"中华精短文学作家培训班"学习。丰富多彩的文学活动和各种培训班,让我认识了许许多多的老师:张燕玲、冯艺、杨晓敏、王往、蔡中锋、沈祖连、侯发山、谢志强、赵宏兴、朱士元、刘公、光盘……他们让我用一颗虔诚的心去感悟人生、感受生活、感恩万物。

于是我从瑶乡出发,这是一场文化的苦旅。我试图对南岭进行酣畅淋漓的书写。写的都是普通老百姓为生活的坚守和发展;写他们对博爱的情感态度;写他们与人相处的点点滴滴;可以说三教九流和民族风情都在书中一一呈现……为了了解瑶族的历史渊源、专业知识,特别是我对瑶族风土人情、惯节,对瑶族民间工艺流程、对瑶族大花炮工艺传承,对瑶族唢呐的走访,点点滴滴都是我小小说的写作素材。我走到田间地头、村村寨寨,把原生态的素材,提高到艺术的深加工。我从南岭采集到了独特的生活原型,结合各位老师写作的技巧,用他们的酸甜苦辣排骨料、鸡精、胡椒粉般的配料来来回回的鼓捣,于是就有了这本《南岭鹿鸣》。

当你在读《南岭鹿鸣》时,你会发现我的这本小小说集可读性、趣味性、知识性于一炉。我又妙笔生花般赋予瑶族文化的精髓人物嬉笑怒骂赋予了他们的史学价值、人文价值、美学价值、科学价值。不管是小人物的故事、瑶族男女的婚姻生活还是当下的新农村现实题材,黄忠美的小小说始终流淌着潇贺古道这片土地的血液,散发出浓浓的南岭的地域性和民族性特征。我近年来发表的《瑶绣轶事》《偶然》《赵老倌的发财梦》等作品,构思或巧妙或拙朴,但都出手不凡,质量整齐,叙事状物自如娴熟。在开掘作品内涵上,均表达了对日常生存中温暖人性的高度尊重,让读者看到了一个具有人道主义素质的作家,正在用他的小小说,为那些善良百姓平凡的生命寻找光明和人性救赎。

可以说《南岭鹿鸣》这本书凝结我这几年的心血。我这个对瑶族情有独钟的作家就是在对瑶族的进行了研究的基础上,虚心地汲取精华,开拓创新,结合自己深入调查研究掌握的第一手材料后,用小小说这一文体,为人们奉上对瑶族社会,系统化、专业化、深入化的解读的文化盛宴。在《南岭鹿鸣》中,我虽然没有用如椽的大笔,但依旧浓墨重彩地写。综合起来,就是这本称不上鸿篇巨制小小说集。

我在我的小小说中,尽最大努力还原神奇的瑶乡,从瑶族的神秘面纱向读者娓娓道来。正本清源地从人性化、个性化的角度,挖掘瑶族的建筑艺术、瑶族纺织艺、瑶族服饰、瑶族花炮、七情六欲、喜怒哀乐等等,使人物从沉寂的潇贺古道的故纸堆里重新活泛起来。可以说瓷实的小小说集《南岭鹿鸣》是我数年如一日,执著不懈的栽小小说这棵小树结的第一颗果子。

你如果读了我的小小说,记住有一个瑶族小小说作家,以无比虔诚的朝圣之心努力创作小小说作品,知道忠美在小小说里写南岭瑶族的传统文化,写最炫民族风。不让瑶族的民族文化元素的东西裹足不前,甚至濒临失传。让属于世界的瑶族传统文化不仅仅萌芽在南岭,而且要在世界的舞台上发扬光大。我就满足了!

目录

第一辑　瑶族风儿扑面来　/001

瑶绣轶事　/002

人偶变脸轶事　/005

那年看戏　/008

闹鱼　/011

父亲爱唱戏　/014

磨坊轶事　/018

彩调迷轶事　/020

第一次发表作品　/022

宝花　/024

盘果条　/027

第二辑　云卷云舒浮世绘　/031

偶然　/032

牛事　/035

磨台变奏曲　/038

迁墓　　/039

桃子熟了　　/042

水的欢歌　　/047

心墙　　/050

梁子　　/053

良心　　/056

老弟媳妇　　/059

讲话　　/062

赵老倌的发财梦　　/065

和青春一起走过　　/069

挂职　　/072

高总还乡　　/076

第三辑　柳暗花明人潮涌　　/079

古道热肠　　/080

小乐老师　　/083

粉丝　　/085

恩人　　/087

董老师的秘密　　/089

村史　　/091

备胎　　/092

杨阳的创业史　　/094

报警　　/097

曾祖父和军马　　/099

扶贫记　　/102

行规　　/105

邻居　　/106

我的大学　　/111

小偷的日记　　/114

第四辑　点滴都是为了你　　/119

搬运工的爱情　　/120

春天　　/123

大娘　　/125

月夜　　/128

放田水　　/131

我的闺蜜　　/132

妈妈的味道　　/135

吴奶奶的银手镯　　/138

你的灵魂在哪里　　/142

鸟窝　/145

同学的爱情你别猜　　/149

七斤奶奶　　/152

乳娘　/155

第五辑　抽刀断水水更流　　/159

三姐　/160

嫂子　/162

绣女的爱情　　/166

于亮的爱情　　/170

蒸饺子　　/173

拯救　/175

钟表匠赵凯　　/178

琐忆爆米花　　/181

诺言　/184

荣秀的婚事　　/187

兽医雪乾轶事　　/190

悟　/193

农村网事　　/196

约定　/200

蒋芳其人其事　　/203

在婚姻中想念爱情　　/205

黑皮叔与假钞风波　　/208

七月　/212

杏花　/214

瑶家夏韵　　/217

翠萍的遭遇　　/218

那一夜　　/221

第一辑

瑶族风儿扑面来

鲁迅先生说：『有地方色彩的，倒容易成为世界的，即为别国所注意。打出世界上去……瑶族小小说作家黄忠美的这辑小小说具有典型的瑶族特色的文化样式，成为雅俗共赏的艺术。

瑶绣轶事

【导读】当真李逵遇到假李逵时候,对于现代人而言,你要知道向人们展现去伪存真。还有要知道拿起法律的武器。《瑶绣轶事》的主人公东梅就是这样成长起来的瑶族民间手工艺者。

东梅到县城办事情,经过民族路,发现前面有一个打着正宗春秀绣坊旗号的人,正在进行瑶绣直销活动。

东梅心里感到很纳闷,我们春秀绣坊没有搞这种活动呀。哪里来了个假李逵呀!好奇心促使她走了过去。

正宗春秀绣坊进行的瑶绣直销活动现场,彩旗招展,人声鼎沸。好家伙,人家正在如火如荼地进行活动。只见一个小胡子正拿着话筒喊:走过路过的朋友请注意了。我们正宗春秀绣坊进行的瑶绣直销活动。这些瑶绣品种齐全,品质高雅,价格实惠,活动期间,八折优惠,快来买,快来看啦!

东梅挤开围了个铁桶似的人群,打算来个零距离的打探。前面琳琅满目地摆着许多的瑶绣。一些顾客正在挑选,另外一些顾客正在砍价。

东梅用手抓起一件瑶绣,发现这件做工粗糙,图案平庸。连忙说,老板这些瑶绣这么差,敢情你们是用冒牌货骗人。

小胡子说,我们这些都是纯手工的工艺品,货真价实。

东梅说,那你给大家说一说瑶绣的主要特点。瑶绣的制作方法。

小胡子支支吾吾,答非所问。

东梅说,我就是春秀绣坊的人,春秀是我姐姐,我们的瑶绣"五色斑斓,纠经连菱"。怎么会是像这些粗制滥造的垃圾东西。

小胡子说,别胡说,要买就买,不买拉倒。大家不要听这个女人信口雌黄。

围观的人开始慢慢地散了。

小胡子说,你这个害人精,你赔我的损失。

东梅说,你冒名顶替,我不要你赔我的损失,就便宜你们了。

小胡子说,我冒名顶替不假,可是这些瑶绣根本就没有注册名字,你叫一声,看它会不会答应你。你去告呀。

围观的人有的说,好汉不吃眼前亏,姑娘还是回去和你们春秀绣坊的人合计合计,再做打算。东梅说,好吧!姑奶奶今天就暂时饶你们这一回,下不为例。假如下次还让我碰见,我们法院见面。

还有一些围观的人说,姑娘你真是春秀绣坊的人,带我们去看看。

东梅说,好的,感兴趣的请跟我来。

春秀绣坊就坐落在马鞍山区南端。地面只有96平方米,一楼是店铺,二楼是工作室,三楼是会客厅和起居室。

大家哗啦啦地跟东梅走进去。好家伙,店铺里摆设着淡雅丽质云纹,瑶族元素经纬穿行其间的瑶族服饰,有边缘整齐、植绒的枕巾,有垫绣盘金的小孩头帽,有图案精致、美观殷盈的被面,有色彩斑斓、古朴风格的香包背包……可谓琳琅满目,应有尽有。大家边走边看,情不自禁地啧啧称赞。

这时,一个体态富贵的女人从楼上下来。东梅介绍说,她就

是瑶绣的总设计师春秀。

春秀向大家点点头。东梅气愤地把遇见的事情一五一十地告诉了她。春秀听了,瞠目结舌。连忙对大家说,今天差一点让大家上当。难得大家来我们春秀绣坊参观。东梅,上好茶。大家边喝边谈,终于对春秀绣坊有了更加深刻的认识。

原来,几十年前,春秀便拜老绣娘为师,学习瑶绣工艺。她像海绵一样,吸取老一辈的"直、圆、挑、切、锁、铺、洒、插"八种针法。

春秀说,老绣娘教我先用红纸剪好样品,剪下的图纸厚度只有0.03毫米厚,针法主要是跨针45度角的刺绣。在熟练掌握瑶绣的"挑经穿纬"法后。五年前,我知道,不满足是进步的车轮。所以我又走南闯北,到南宁壮乡学习壮锦的"挑纬穿经"法。这种方法恰恰和瑶族的相反。我还学习了中国的苏、蜀、湘、粤四大民绣的风韵,并且理论联系实际,推陈出新了"擞、缠、戗、戳、接、套、施、刻"的新八针法。

大家说,难怪你的瑶绣这么精美。感情是梅花香自苦寒来呀。

东梅接着说,我们还在图案造型与艺术,在特效处理上推出了垫绣、盘绣、绞绣、植绒等等先进工艺品。现在我们的瑶绣具有了题材精炼鲜明,立体感强,素雅精美,沉实厚重的特点,以及"五色斑斓,纠经连菱"的特色。

春秀说,今天的事情,我知道后很痛心。为了保护消费者的合法权益,我在这里郑重宣布,我要为我们春秀绣坊的手工艺品注册商标,让我们的产品有身份证。绝不会有今天的假李逵坑蒙拐骗的事情卷土重来危害老百姓。让春秀绣坊的手工艺品名副其实。今后,如果还有谁假冒我们的产品,我们就拿起法律武器和他对簿公堂。

大家听了,掌声雷动。

(本文发表在广西《三月三》2015年第8期。)

人偶变脸轶事

【导读】我头戴紫金凤冠霞被,身披红色的斗篷,脚蹬龙凤靴子,瓜子脸略施粉黛,弯弯的柳叶眉毛下有着一双丹凤眼,我举着木偶在台上绕场三圈后,向观众行礼。然后我开动机关,让木偶在短短的几分钟内梦幻般变出十多张脸。我又开动机关,让手上的木偶咬着一把扇子变脸,然后喷出来熊熊的火焰。人偶变脸轶事不仅仅神奇好看,还救了我妈妈。

小亮继承了妈妈的事业——当一名人偶变脸演员。但是,辛苦的训练常常让小亮叫苦不迭,于是,妈妈给小亮讲了一个故事:

我当年也像你现在这样,随你奶奶学了人偶变脸,常驻在一个戏班子。那时候小小年纪的我,要举起五六公斤重的木偶,谈何容易。所以,我每天反反复复地练习举木偶。一练就是几个小时。这样几天下来,手腕肿得像个大萝卜,甚至连饭碗都端不起了。可苦了我了。你奶奶对我说,现在不想学,还可以选择放弃。妈妈咬了咬嘴唇,又默默地走到了木偶边学习。从此再不叫一句苦。

终于四年后我已经把木偶表演练习得炉火纯青。初次上场就博得了满堂彩。那天,张大户的娘过生日,他请我们的戏班子表演。地址在后花园。那里亭台楼阁,花红柳绿。一派喜气洋洋的情景。我们表演得很卖力。尤其是我表演的人偶变脸,吸引了全场的眼球。

随着你奶奶的锣鼓刚一开台,我头戴紫金凤冠霞被,身披红色的斗篷,脚蹬龙凤靴子,瓜子脸略施粉黛,弯弯的柳叶眉毛下有着一双丹凤眼,我举着木偶在台上绕场三圈后,向观众行礼。然后我开动机关,让木偶在短短的几分钟内梦幻般变出十多张脸。我又开动机关,让手上的木偶咬着一把扇子变脸,然后喷出来熊熊的火焰。接着,我让木偶从手上变化出一只八哥,飞动翅膀,嘴里不停地说,生日快乐!生日快乐! 口哨声一浪高过一浪。

我当时被骄傲冲昏了头。在张大户的怂恿下喝了不少酒,直到醉醺醺地被人扶到房间,我便倒头就睡。谁知道半夜里,被一个黑影吓醒。后来我才知道这个黑影是张大户。他在白天看我表演的时候就中意了我。在我们这个地界上,像张大户这样有钱有势的人家是得罪不起的,当时我浑身无力,眼看就要吃亏。说时迟,那时快。只看见吹来一阵风,窗户呜呜地响,我的房间里的蜡烛一下子亮了。"还我命来,还我命来!"一个披头散发的女人,青面獠牙吐出长长的舌头,伸出长长的指甲,扑向张大户。张大户如筛糠似的发抖。披头散发的女人如离弓的箭,从后面拍了拍黑影的肩膀,说,阎王爷叫你三更死,你休想活到四更。蒙面人说,小芸饶了我张大户。披头散发的女人说,你作恶多端,阎王爷要从生死薄上勾你。这时候,房间里的蜡烛又灭了。房间恐怖的气氛如阎王爷的地狱。张大户,有种你就抬起头来。张大户尴尬地抬起了头,那个鬼又以迅雷不及掩耳之势变化了几个鬼脸,这一照面,吓得蒙面人晕了过去。

我呆呆地站着。披头散发的女人把假发脱掉,原来是你奶奶,她对妈妈说,"还愣着干嘛,跑啊!"

你奶奶拉着我跌跌撞撞,趁着夜色,偷偷地逃出了张大户家。从此隐姓埋名。直到全国解放了才重新吃人偶变脸旧饭。

"在那个年代,女子的贞操很重要,如果那时候妈妈被张大户欺负了,就不会有现在的你了。所以说,是人偶变脸这个绝活救了我们母女!"小亮的妈妈说到这里,早已经泪花挂满脸腮。

小亮若有所思地低下了头,"妈妈,我错了,我一定好好训练。"

"这木偶表演可是有1000多年的历史的。现在全国解放了,各行各业都百废待兴,百花像赶海般齐放。我们年轻一代一定要接过老艺术家各种绝活的接力棒,向世人展示人偶变脸奇妙的国粹魅力。"妈妈语重深长的说。

"我知道,要做到这点,必须做好长年累月吃苦耐劳的准备,勤学苦练基本功。既然要学精,要学出名堂来,才能不给妈妈和奶奶丢脸。"小亮调皮地说,小亮的妈妈这下子破涕为笑了。

二十一世纪的今天,人偶变脸终于又像一朵美丽的迎春花一样。在加拿大、美国等等世界各地的国际舞台上绚丽开放。

(本文发表在《参花》2015年第六期上。)

那年看戏

【导读】表哥看上了唱戏女荣娥，作者将一段痛心的事情娓娓道来，尤其是结尾，把表哥的痛表现得淋漓尽致。表哥为什么放弃了荣娥，选择了胖妞？因为荣娥为了去文工团，委屈失身于陆支书。

表哥穿上新衣服，拉着我流星般向戏台走去。胖妞嘴上挂起了油瓶说，等等我。

表哥说，胖妞谁叫你磨洋工。

表哥走上戏台的后台。

上去干嘛？我问。

看人家化妆。

胖妞说，就你们男人有花花肠子。

我一听，来了精神。跟着表哥蹬上了戏台。表哥看得眼睛都直了。我看不见，就踮起脚尖看。

呵，戏子们正忙碌着化妆。一个漂亮的姑娘正在用手洗脸，鹅蛋形的脸上均匀的涂搽上底油，她是那样的熟练，手轻轻的拍底色、揉红；一支笔在描眉、勾眼……这个姑娘这么漂亮，难怪表哥会来看戏。

姑娘拍了粉、上胭脂、涂唇红，感觉和王昭君一样靓丽。

你们先下去吧，别在这里碍手碍脚的。唱戏师傅们赶我们下了戏台。

这个戏班走了好几个村了,你俩老表咋还跟在人家屁股后面?

人家唱得好嘛。

刚才化妆的那个姑娘真美!我说。

癞蛤蟆想吃天鹅肉,别拿我胖妞这个豆包不当干粮。

怎么,就你这个水桶腰,羡慕那个姑娘了吧,她叫荣娥,是我们大队桂剧团的台柱子!表哥笑着说。

表哥带我找了个位置,用砖头叠了个座位。胖妞看见表哥冷落了她,她向我们白了一眼。开台的锣鼓就热烈地敲起来了。

戏,还是演我们看过的老掉牙的《拾玉镯》。

叫荣娥的在这个戏里,饰演花旦孙玉姣。她一登台,立刻吸引了福莲镇老少爷们的目光。

荣娥一身红色的戏服,腰上披着翠绿色的肚兜,鹅蛋形的脸,宛如一朵桃花。

荣娥在舞台上不动声色的表演,抽纱、选线、破绒线、绣花……献上一连串细腻的表演。

荣娥饰演明代陕西孙家庄的少女孙玉姣,活泼可爱的样子顿时拽住了表哥。她精彩的表演,让表哥看得津津有味,如痴如醉,忘乎所以。表哥很快就入了戏。

胖妞扭过头,看了看我表哥,他嘴唇上的胡须像初春的小草,淡淡的钻了出来。表哥的眼睛向荣娥抛了一个闪电般的眼神。我知道表哥的心思。胖妞把脸转过一边去,她气得鼓起了腮帮走了。

荣娥卸装的时候,接到了剧团团长的通知。通知说让她到大队陆支书的办公室去,说是和她商量去文工团的事情。

陆支书看见荣娥来了,说,进屋说话。顺便把门栓上了。

表哥偷偷地走到窗户下，站在一块石头上，从破洞里往里看。

荣娥，县文工团要在我们大队招收一名演员。明天就去县里面试。你准备唱哪一段。

陆支书我就唱《拾玉镯》里孙玉姣听到鸡叫,去数鸡这一段好吗？

陆支书胖嘟嘟的身体陷在沙发里说，你就在我这里彩排一下吧。

荣娥把长长的大辫子丢到背后,清了清嗓子。双眼皮动情的扫了一下陆支书。

她听到了鸡叫后,细腻地表演了放鸡、唤鸡、喂鸡、数鸡、赶鸡的动作……

陆支书说,刚才那个表演不是很到位,比如你放鸡的动作就显得不是很自然,唤鸡的动作也欠柔美,数鸡也缺少生活气息。照这样,肯定录取不了你。

那我该怎么办？荣娥急了。

屋里一下子死一般的沉静。

我打算把这个名额让给你,你看,我怎么好向县文工团的领导交代。你明天还打算去面试？

陆支书,我想去,去了文工团就有工资拿。

想去就看着办吧。陆支书虎着脸,瞅了瞅荣娥,用手捏了捏她的屁股。

荣娥的眼泪流了下来，她知道上次她们团的柳美也是献身后才去的文工团。然后,她的手慢慢的解开了衣服的扣子……

我看见表哥很想用脚踹开陆支书办公室的屋门。但他紧握着的双手,很快却放开了。

后来我问表哥,你为什么不闯进去,把这个混账陆支书打一顿。

我不想断送了荣娥的表演生涯。记住,荣娥去文工团的门路,对谁都不能说,打死也不能够说。表哥从牙缝里丢出来一句话,就头也不回的走了。

表哥后来再也不喜欢看戏。这年秋天,表哥闪电般的结婚了,胖妞成了我的表嫂。

表哥的女儿生下来的时候,荣娥已经红遍了我们县。

表嫂说,我们女儿长大了,也向我们大队的荣娥一样去学戏,当名角,吃香的,喝辣的。

我不准我女儿学唱戏。表哥说这句话的时候,是咬着嘴唇说的。

闹 鱼

【导读】闹鱼是瑶胞过七月半最热闹的习俗。山泉精挑细选了一篮鱼到村主任家。碰到了村里的老雕也拿了一筐鱼来送。当有人把鱼当作礼物贿赂村主任,这闹鱼就变味了。山泉发现他的塘里的鱼翻着白肚死了。塘上面漂着一片白。这后果实在不堪设想。好在村主任自己也明白过来了。

富川瑶乡的瑶胞有过七月半的习俗。俗称七月半是鬼节或阴时节。新华瑶乡的瑶胞过七月半以吃鱼为主.

这一年七月半山泉送给村主任老秋一篮鱼。村主任就好吃鱼这一口。

老秋说，今年又闹鱼了？

闹了不少。

老秋说，你的鱼是用草料喂的，好吃！多谢了！

山泉说，鱼要靠水，水也要靠鱼哩！没有村主任你的帮衬，我能承包到鱼塘吗？

老秋说，这话说得不错！明年闹鱼，记得叫我去看看热闹！

山泉说，好的。老秋就把鱼做了菜肴：油炸香鱼、清蒸鱼、红烧整鱼、啤酒鱼、酸头鱼，一口酒，一口鱼肉，那个爽字就从他镶着的金牙里蹦出来。

七月半正节头天晚上，山泉安排好闹鱼事宜.组织人员把圆圆的茶麸砍好。第二天，天刚蒙蒙亮，山泉便叫老秋起床了，走闹鱼去。

只见请来的人都带上了捕鱼的网和鱼篓来到了鱼塘。塘里的水已经放得只没过膝盖。

老秋一到塘边，几个会游泳的汉子拿着用热水浸泡的茶麸，撒进鱼塘里，塘水漾起了涟漪，然后，山泉让汉子们用手脚边游泳，边搅拌，以便茶麸水搅拌均匀，达到闹鱼的最佳效果。

十多分钟后，躲在水中的鱼便被呛得慌了神儿，张着大嘴浮到水面。山泉和老秋带着大家纷纷跳进塘中，热火朝天地捞起来，捞到的大鱼儿都放进山泉东家的桶里、筐里。每每捞到大鱼，瑶胞们都欢呼雀跃。

等到大鱼儿捞得所剩无几了，山泉一个哨子声，闹鱼就到了开乱阶段。男女老少齐上阵。瑶乡有个规矩，大鱼捞完，小鱼一律视为野鱼，谁捞到归谁。

村主任也加入到了捞鱼行列。这时鱼塘里人头攒动,鱼网往来穿行,好不热闹。不大功夫,节鱼、青鱼、龙虾等都进了大伙儿的鱼篓。直到鱼儿醒水,个个满载而归。

山泉说,老秋捞了很多鱼吗?

老秋说,十多斤。我准备把这些小鱼儿拿回家中,先杀干净,用锅贴熟,再用火烘干,制成干鱼仔,以备日后煮食。

山泉说,鱼仔送饭,锅头刮烂!村主任你最会吃!

最热闹的闹鱼结束后,山泉看见去年七月半后放入鱼塘的草鱼、鲤鱼、鲢子鱼,经过一年的饲养,都肥壮了,一筐一筐的活蹦乱跳的,心里盘算着可以卖多少钱。

山泉精挑细选了一篮鱼到村主任家。碰到了村里的老雕也拿了一筐鱼来送。

老秋说,山泉你和老雕以后就是邻居了。

山泉还是承包鱼塘。鱼塘旁边的地被老雕承包了。他在鱼塘旁边建设了两个养猪场。老秋还像当年一样,一口酒,一口鱼肉,那个爽字就从他镶着的金牙里蹦出来。

又一年的七月半快到了。山泉发现他的塘里的鱼翻着白肚死了。塘上面漂着一片白。山泉就把事情上报了环保局。结果一查,污染源就是老雕的养猪场。不光塘污染了,连他们村的水井都污染了。村子里的人都开始指责老秋。

山泉说,老秋,你千不该,万不该让老雕在离村近的地方搞养猪场。现在好了,七月半没到,我的鱼全部死了。今年少了养鱼、闹鱼、品鱼的乐趣。今年的七月半可咋过呀?

村里的人说,这个挨千刀的村主任,让我们连口干净的水也没得喝!

上面赶紧派人让老雕拆掉养猪场,赔偿山泉的损失,并且罚

了款。

老秋的村主任也当到了头了,被乡里免了职。

老秋就生了病。

老雕逢人就说:是山泉把老秋害了。

山泉觉得很委屈,就找到老雕理论,老雕当着众人面也不认错,还是说:就是你把老秋害了。

山泉只好去找老秋,山泉说,老秋啊,明明是老雕害了你,他偏说是我害的,太过分了。

老秋说,你们都别吵闹了,是鱼把我害了。

山泉就很难过,说,老秋,你好好养病,明年七月半到了,我还请你去闹鱼,还送你一筐鱼。

老秋说,好啊,闹鱼图个热闹,但是不要送我鱼了。

(本文发表在江苏《淮上》(原《短小说》)2016年第二期。)

父亲爱唱戏

【导读】作品以一个儿子的视角来写父亲,事件不大,环环相扣,却很抓人。父亲的高大形象就是这样立起来的。

父亲爱上桂剧,是在1973年的事情。那个时候,父亲在平桂矿务管理局当学徒工。每个月领16块钱的工资。

那个时候,每天一下班,文化馆就有人学唱戏。父亲就到旁边去听戏。学人家的唱腔。什么《二度梅》呀,《孟良搬兵》啦,《玉堂春》啦……这些戏曲都记到他的肚子里了。

有一次，父亲又去文化馆旁边去听戏，那天唱的是《女斩子》，父亲从樊梨花坐帐跟着唱起，接着唱薛应龙被羁押，到红屁股、黑屁股想方设法求情，再到薛丁山和樊梨花对薛应龙临阵招亲这一事情的处理，父亲把几个角色唱得十分地神似。

一个老人问父亲，你喜欢桂剧？父亲点点头。

老人又问他，那你怎么不进去看看？父亲说，我买不起票。老人说，跟我来。父亲就去了。原来这个老人是这里的教戏师傅，姓曹，大家都叫他曹师傅。

父亲一来二去，就和曹师傅混熟了。他很虚心学习。这些为他以后的走上艺术道路起了很好的作用。

1975年，随着上山下乡运动的开展。父亲回到了家乡。然后，父亲就在村里教戏。当时许多的道具都是父亲亲手制作的。比如马鞭、刀枪、旗子、铁链、胡子……你别小瞧这些东西，为桂剧团节省了不少钱哩。

父亲教戏很认真负责。排练一般在农活的空余时间。每当夜幕降临的时候，家乡的祠堂里汽灯把屋里照得如同白昼。人们三三两两聚集在这里，走进梨园这一神圣的殿堂。对人物的唱腔、动作、表情、化妆……事无巨细，倾囊相教。

我经常在旁边看着父亲教学员。瞧，他嘴巴里说着二胡的声音，啦絮咪絮哩咪絮啦叨，咪絮啦絮咪。一边挥舞动作，一边唱：我老沈自幼在嵩山少林学道义，江湖的绿林好汉我也算一条……然后又说了场面的锣鼓声音：呛呛呛，切点切点切呛。学员们学习也很刻苦。他们学会了二十多场戏曲：如《十五贯》、《斩三妖》、《穆桂英大破天门阵》、《黄鹤楼》……

父亲教戏，收的学费是每个学员三斤谷子。如果遇到有困难

的学员就减免他们的学费。因此,父亲得到了大家的敬佩!

父亲经常说,在农村教戏最难的是培养打场面的乐手。比如锣鼓手啦,二胡手啦,唢呐手啦,笛子手啦……他经常勉励他们说,场面的工作很重要。你们把吹拉弹唱练习好了。即使以后戏班散了。你们也有人请。

后来场面的乐手之一高强经常说,现在虽然没有唱戏了,但是以前跟黄师傅学习到的东西,依旧有用。每当人们办红白喜事时,总是有人来请他去演出。

父亲就带着他的学员到十里八乡去演出。戏子们的吃饭问题,在当时是用派饭制度解决的。由当地的村民领几个戏子回去吃。那个时候物资匮乏,大家的生活也很困难。每次吃,父亲都要求学员不要挑吃,注意节约。

演出一般在农村的大晒场上,舞台也是临时建起来的。条件非常简陋。但是演员们表演很投入,你别看这是一个草根剧团,他们的一招一式,一举手一投足跟城里的剧团比毫不逊色。

有一次,父亲的草台班子在湖南和一班科班相遇。城里的剧团是另外一个村的群众请的。父亲的草台班子是邻近的一个村子的人请的。舞台却是在同一个空地上。对台戏。

那天城里的剧团唱的是文戏《平贵回窑》。演员虽是专业人员,却有了一定的年纪。所以他们的唱功和动作都显得老气横秋。

父亲的草台班子却是清一色朝气勃勃的青少年。他们那一天唱的是武戏《穆桂英大破天门阵》。随着一打开台:娃娃们翻着跟斗出将入相,表演穆桂英的演员唱念做打,手眼身法步,表演一步到位,博得满堂喝彩。把许多对面的观众拉了过去。

城里的刘师傅觉得很没有面子就找到父亲,说黄师傅,从明天起我们就由对方的师傅点戏来唱。双方的村干部没有听说过这样的点戏法,都双手赞成,大家说,正好考一考你们两个班,是驴是马。

父亲说,刘师傅,我的剧团是草台班子,没有什么本事,岂敢和你们城里的科班比。但是城里的刘师傅说,我说出去的话,就像石头上倒水,绝对收不回。说着,他拿出了毛笔,在红纸上写下了一联:赠珍珠结丝罗暗许终身如女意,拍鱼鼓唱道情巧妆打盼试姑心。父亲一看,对方点的戏是《珍珠塔》。可是他的草台班子没有学过,怎么唱得出来。父亲吓得满头大汗。刘师傅看到抓中了父亲的软肋,心里暗暗高兴,明天就看你们出洋相了。

父亲也拿了毛笔,写了一联:刘关张扶汉室桃园结义,蜀魏吴夺中原天下分三。刘师傅说,好,我们明天唱《桃园三结义》。头也不回地走了。

父亲回到剧团里,马上召集演员排练《珍珠塔》。这些农村娃娃连夜练习,毫不松弛。第二天,当父亲的草台班子,原汁原味唱出《珍珠塔》时,刘师傅对这个农村班子刮目相看,佩服得五体投地。后来他和父亲,互相赠送剧本,切磋戏曲。父亲和刘师傅成为了莫逆之交。成为梨园的一段佳话。

磨坊轶事

【导读】时代感很强是这篇小小说的特点。磨坊的场景描写很细腻。五叔公这个小人物和地主梁满的一些琐碎的幸福,都牵系在磨坊的变迁中,起起落落,甘苦自知。

近日回家乡,碰到五叔要进行危房改造。五叔住的房子以前是青砖瓦房,很气派。现在已经是墙体剥落,漏风漏雨。

我们村里的石磨就在五叔公满仓的天井房里。听我奶奶说,这房子原来是地主梁满家的。解放以后,人民当家作主,大富人家的房子就分给了贫下中农。五叔公就是分到房子的其中一个。五叔公就住在天井的左厢房里。磨坊自然就归五叔公管理了。

我奶奶告诉我,地主梁满家的天井的右边的厢房中央有一个石碾子。圆圆的磨盘是用青石凿成的,表面是雕刻有凹凸的排列有序的扇子形状的条纹。磨盘的正中凿有一个大洞,杵着一根碗口粗的轴,一搂多粗的大石碾就用黝黑的木框固定在上面。木框的前端长出来一截,通常开上两个眼,每一天,长工们都来磨面,得拿起一根长的磨杆插入进去,长工汉子双手握住磨杆,一用力气,石头碾子就滚动起来,女长工把玉米或者麦子倒进碾盘上,然后就跟在后面,手里的一把小扫笤,轻轻地往里面扫,细细的粉末就出来了。磨出来的粉就做成白花花的面条、饺子、汤圆、面包等等食物,端上了地主梁满家的桌面,梁满家的大奶、二奶等大小十几口人就围在一起吃饭。打土豪分田地那会儿,地主梁满的好日子就到了头,梁满经不住人民群众的批斗,在一根房梁上结束了自己的生命。他的二奶每天就爱去磨坊里,磨坊里有一个叫赵挺的汉子,穿一白大褂,双手肌肉发达,一用力,青筋暴露。二奶就偷偷地和他私通了。现在世道变化了,梁满的二奶就和这个相好的长工私奔了。

磨坊里从此换了新气象。现在好了,解放了,人民群众当家作主,也可以自由出入地主家的磨坊,过起了自己想要的日子。

春华秋实,生产队等秋收后,把粮食按工分分好。社员同志们已经断粮很久了,饿得前胸贴后背,现在粮食一到手,个个喜不自胜,都争先恐后抢占磨坊,把粮食磨成粉,给孩子们做顿好吃的,解解馋猫的瘾。

1969年的秋天,我们家就分到了一小袋麦子、两袋谷子、五袋玉米、半袋黄豆。我们兄弟姐妹四个就央求母亲做面包吃。父亲背了麦子来到五叔公的房子里,跟母亲一起磨面。我听话的跟父亲一起双手握住磨杆,用力气让石碾子滚动。心里想,又有好吃的了,干起活来就特别卖力。可以说小时候,在我的记忆里,我们瑶乡里秋收后最热闹的就是磨坊。磨坊里的石磨磨动起来的声音,在我们的耳朵里,是一首动听的歌。是父母亲对我们的爱。

现在改革开放让瑶胞走上了致富路,鸡鸭鱼肉走上了寻常百姓家。人们过上了幸福的生活。很多人家都买了家用碾米机、碾粉机,吃的东西也精细起来。五叔公的磨坊一下子冷清起来。磨坊轶事成为人们茶余饭后的谈资。

(本文发表在广西《贺州日报》2016年4月20日.)

彩调迷轶事

【导读】这篇小小说以散文化的手法写了彩调迷胡小乐在迷恋彩调的痴情。作品在平静的叙述中,带你回味当年瑶乡的峥嵘岁月。小小说中潜伏的人生观、价值观给读者留下了回味的空间。

彩调是桂东农村群众喜闻乐见的剧种,它以其中优美的舞台艺术吸引了不少的彩调迷。胡小乐就是彩调"发烧友"之一。

胡小乐系富川瑶乡山里人。小时便失去了父亲,是母亲把他拉扯大的。那时山里没有电视看,山里人的寂寞是靠邻村剧团的演出来打发的。

在各种文艺演出节目中,胡小乐独爱彩调。《王三打鸟》《五子图》《下南京》等一些剧目他都能从头唱到尾。平日里拿了农具去做工,常边哼边干。

八十年代初期,那时我才读小学三年级,每年打正月初四起到二月初一,富川新华瑶乡的"上元宵"节都热闹非凡。方圆十几里的邻村都有舞龙,耍狮,打拳,唱木头狮子,唱戏,唱调队都要到各村献演。胡小乐当时是个血气方刚的小伙子。每逢这个节日,他可算是过足了一把"彩调"瘾。

下面讲的这段往事是让胡小乐一生中最得意的事。

这天,村里来了外乡的彩调团,唱的剧目是《赶子牧羊》。当唱到金姑,银弟被后妈赶出牧羊,后经历千辛万苦,一路乞讨,找到金水桥做生意的父亲赵伯春时,那场面,催人泪下。胡小乐在台下早已哭得一把鼻涕一把泪。继而他对乡亲们说:"这两个孩子讨吃很可怜,咱们回去拿吃的来资助这兄妹俩找父亲。"说罢从家里拿了四片果条送上戏台。观众们在他的带领下,有的送水果,有的给糖果,有的打封包……演员谢幕后,饰演金姑、银弟的演员找到胡小乐,说了一大堆感激的话,大意是他乡遇故知,他们去过许多村子,演出过许多次《赶子牧羊》,没想到在偏僻的瑶乡村有这么痴情的彩调迷,更没想到会给戏子送东西。演金姑的妹子见胡小乐人也俊,心也诚,于是就走到一起成了家。胡小乐见人就常说:"咱爱彩调,爱出了婆娘。"

还有一次,一个彩调团到胡小乐村里唱彩调。拉二胡的师傅病了,不能登台。团长急得团团转。村里人连忙举荐说,让胡小乐去拉准行。于是胡小乐便挑起了这个重任。场上锣鼓齐鸣,演员进进出出。这时,出了个"七品芝麻官",可一上台,把台词给忘了,闹得全场哄堂大笑。彩调团的团长不禁捏了把汗,还是胡小乐急中生智,用旁白给他解了围。这事在彩调团传为一段佳话。

而今,时过境迁,随着广播、电影、电视等文化事业的发展,山里人的文化生活也发生了质的变化。但人们仍不减那年那月,那彩调的热情。人们可以用 DVD 播放彩调了。胡小乐更是每逢过年过节日,在村中办个"彩调卡拉票友赛",仍然吸引了不少人。

有一次,我回瑶山,看到胡小乐正担一担柴走在曲折的山路上,心血来潮,大声唱《戏公爷》的那段"换得钱和米,回家养老母……"虽无名角之韵味,听者却感慨万千!

哦! 家乡的彩调迷!

(本文发表在《贺州日报》2004 年 7 月 27 日文艺副刊。)

第一次发表作品

【导读】每个人的第一次都会难忘。钟一鸣报名参加了摄影俱乐部。如饥似渴地学习摄影的静物成像、取景、黄金分割等等的理论,一直到现在有数码相机,才尝试理论和实践相结合。他自我解嘲地说,自己现在就要有像当年霍元甲集百家之长,创新出了迷踪拳一样的干劲。他第一次发表作品同样刻骨铭心。

发表了,发表了。同事们拿着报纸,高兴地说。原来是钟一鸣的一组摄影作品《最炫民族风——瑶乡舞龙》发表在了《中国摄影报》上。

此时的钟一鸣完全没有范进中举的成功喜悦。相反,他却像一个刚刚分娩的孕妇,看见孩子平平安安地生下来,激动得热泪盈眶。

钟一鸣再一次回忆自己辛辛苦苦创作的过程。

说来话长。钟一鸣是一个80后,毕业于江汉理工学院。他没有局限在公式、定理、数字中,他热爱文学艺术,有高雅的追求。

参加工作以后,钟一鸣省吃俭用,花了7000多元买了一台数码相机。每到周末,钟一鸣就背上摄影包,走到阡陌中,水村山郭间,五彩花海里采风。

钟一鸣在大学期间,报名参加了摄影俱乐部。如饥似渴地学习摄影的静物成像、取景、黄金分割等等的理论,一直到现在有数码相机,才尝试理论和实践相结合。他自我解嘲地说,自己现在就要有像当年霍元甲集百家之长,创新出了迷踪拳一样的干劲。

钟一鸣刚刚开始学习拍照片,也和别人一样,看见小狗、小猫、老人、妇女、小孩等等就乱照。后来,他把这些照片投去报刊杂志,却如石沉大海。钟一鸣顿时感到困惑了。

怎么样才能成功呢?钟一鸣觉得今后绝不做这些笑话的事情。因此他改过自新,每一次外出前,他尝试先洞悉当地的民风民情,文化底蕴的基础上,他才行动。古人说,凡事预则立,不预则废。不无道理。钟一鸣就这样去了大瑶山。

农历二月二是传说龙抬头的日子,是瑶族同胞的节日。出发前钟一鸣先把电池充满电,然后调试好相机,再把摄影器材一样一样装进摄影包里。他把准备工作做得万无一失,事无巨细。就像整装待发的战士。

这一天,钟一鸣早早地来到大瑶山。白墙黛瓦,颇具岭南特色的庙宇在晨雾中若隐若现。善男信女们拿着雄鸡,香纸烛炮,香茶到庙宇中祈福还愿。庙宇前面的广场上,彩旗飞舞,牛角声声,人山人海。

只听见"嚓嚓嚓,叮哐,嚓叮叮哐叮叮,嚓嚓切嚓哐"的锣鼓声,舞龙珠的瑶胞轻快地舞着舞龙,引导着龙的身体,向人们三叩首。随后,龙围绕人群转动两圈。说时迟,那时快,舞龙珠的瑶胞一声口哨,龙就在炮声和人们的喝彩声中翻江倒海起来。时而打盹,时而舔珠,时而穿梭,时而抢珠……钟一鸣"咔擦咔擦"按动快门,真可谓应接不暇。

舞龙活动的高潮是"摆"字。说明白一点,就是用舞出来的龙,组合成一个个汉字。你看,龙七拐八弯的,舞龙者或站或跪或穿或动,庙宇前面的广场上展现了一个草书的"龙"字。接下来,摆出了"龙年大吉,天下太平,本应好龙"12个字。钟一鸣用慢镜头,拍下

了这些震撼人心的一幕幕。

照片拍摄好后,钟一鸣精挑细选了一组,配上文字,投到了《中国摄影报》。

钟一鸣破天荒地发表了作品。中国摄影家协会向他伸出了橄榄枝。钟一鸣终于感到自己不鸣则已,一鸣惊人。

钟一鸣觉得自己这次能发表作品,简直是有心栽花花不开,无心插柳柳成荫。他希望自己不断总结经验,争取在一年后,举办一个成功的个人摄影展。

(本文发表在广西《贺州日报》2015年2月26日。)

宝　花

【导读】弃婴宝花命运坎坷,养母的忧伤,哥哥的宽容,都是这篇小小说的一道靓丽风景。作者揉入了瑶族的喊祭。集中体现了宝花的孝心。

德福有一嗜好,喝酒。有一次,到一个朋友家喝酒,喝得醉熏熏的。之后朋友把他安排在楼上睡。不料,半夜里,德福起来小便,从楼梯上摔下来,当场死亡。可怜的德福没有享受女儿的一点福气就这么早走了。德福盖棺定论后,朋友才松了一口气。并且承担了对德福的埋葬费。

宝花没有了爹,家里失去了顶梁柱,日子每况愈下。她失去了读书的机会,娘负担太大了。

宝花每天都去养牛,打猪草,洗衣服,给母亲分忧。两个哥哥也都先后辍学回家。他们生活得很清贫。

宝花眼看娘的脸上刻满了皱纹,头上又添了白发。眼睛看着每天背着自己,拉着自己满村跑的大哥三十多岁了,二哥接近三十,还是光棍一条。宝花的心都碎了。

一天,城里来的媒婆到宝花家说媒。媒婆开门见山说,男方是做生意的人家,富得流油。生意人的儿子却是个残疾人。他开车遇到了车祸,双脚截肢了,架着双拐走路。只要宝花娘答应这门亲事,男方答应给很多的彩礼钱。

宝花的两个哥哥死活不答应,说:娘,你这是把女儿往火坑里推呀。

娘说,我不管,我把她养大恩重如山,图什么,还不是为了你们成家成室,有人养老送终。

两个哥哥在晚上的时候,背着娘让宝花和自己心爱的人私奔了。

娘唉声叹气,你们真是娘的冤家,你们成心要气死娘。

这以后,大哥到一个偏僻的农村倒插门,二哥娶了一个死了丈夫,带着孩子改嫁过来的寡妇。

宝花娘是在一个秋后积劳成疾死的。死的时候,搂着宝花小时候的衣服,喊着宝花的名字。

宝花娘出殡那天,宝花才从几百公里外赶回来。在大路旁边,宝花娘黑黑的棺材停在那里。宝花和丈夫领着孩子披麻戴孝,跪在娘的灵柩前,摆上了酒饭,水果和菜肴等等凡供之礼品,举行隆重的拦路喊祭。

司仪喊道:途祭开始,主祭者就位,陪祭者也就位,执事者各执其事。起鼓,奏乐!

唢呐队开始奏乐。悲悲戚戚,如泣如诉!

司仪又喊道:跪!初上宝香,亚上玉香,终上绵香。起,平身复位!宝花和丈夫按司仪的要求做了。

司仪又喊道:跪!拟公故显妣张门卢氏岳母老孺人之灵柩位前行初献礼。初献箸,献首,献金鸡等等。供品一样一样喊过。每喊一次,宝花和丈夫都接过供品,磕一个头。

礼生们在亚献礼后,让宝花和丈夫屈躬婢,然后宣读了祭文。祭文总结了娘含辛茹苦,任劳任怨,相夫教子,和睦乡党的高风亮节。

司仪又喊道:跪!拟公故显妣张门卢氏桂翠岳母老孺人之灵柩位前行终献礼。终献箸,献?首,献金鸡,献海鲜等等。供品一样一样喊过。每喊一次,宝花和丈夫都接过供品,磕一个头。直到四行八拜礼毕。临天路祭才礼成。

宝花犹如晴天霹雳。没想到自己和丈夫私奔,这次回来,却是和娘阴阳相隔。宝花是在司仪的谈话中知道自己的身世的。

宝花的亲生母亲像一个瓦窑,每次生的都是女儿。村里人嘲笑他家总是弄瓦之喜啊!

宝花的亲生父亲为了要一个儿子,不得不把出生才几天的她,放在三岔路口,让好心的人抱养。

没有儿子的人想要个儿子,就像宝花的亲生爹娘一样。没有女儿的人也想有个女儿,这个人就是另外一个村子的德福。他想,自己已经有了两个儿子,以后儿子大了,讨了媳妇说不定就忘了爹娘哩。还是有个女儿好。

德福想,女儿才是父母亲的贴身棉袄。逢年过节女儿孝敬鸡屁股给爹娘吃,爹娘有个病痛的,也有女儿刮痧,特别是爹娘死了,有女儿女婿喊拦路祭,临天路祭,多么高的礼仪啊!

天随人愿。德福去干活的路上,就看见了宝花的亲生父亲把她放在摇篮里,丢在了路边。德福就把她抱了回来。

德福娘把宝花视为亲生,一把屎一把尿护理她,一口米糊一口豆浆喂养她,一件玩具一套新衣服疼她。靠天靠地,宝花总算长大了。

宝花泣不成声说,愿娘一路走好,含笑九泉。娘,宝花不孝!你安息吧!

盘果条

【导读】瑶乡,过大年有做果条这一美食吃的习俗。两个家庭因为盘果条,化干戈为玉帛。道出了这果条,饱含着邻居过年团圆欢聚,和和美美的愿景哩。锋仔说:可不是吗?我用果条在兄弟之间走动,它拉近了我们彼此之间的感情!

过了农历十二月廿四(俗称小年)了。桃花又走到村口向着山那边望了望。

男人锋仔去广东打工还没有回来,女人桃花想,快过年了,也该做点果条了。果条是我们瑶家过年喝油茶、招待客人、劳作当干粮等必不可少的美食哩。

在广西富川瑶乡,过大年有做果条这一美食吃的习俗,小孩子拿果条到外公外婆,舅舅等亲朋好友家拜年送节又体面,又传统哩。

当村子里弥漫着油炸果条的香味的时候,节日气氛扑面而来。桃花的鼻子狠狠地猛吸了一口。好香啊!她放慢了脚步。

米花看见了桃花,拿出一片色泽鲜美的果条送到她手里。米花说,你男人还没有回来,我家的果条已经做好了,你尝尝味道够不够劲道?

桃花说,我家就要做了,你还是留着招待客人吧!

乡里乡亲的,客气啥?

桃花掐断了一根,放进了口里,嚼着酥脆酥脆的,吃着香甜香甜的。说,做得不错,可好吃了。孩子们早就盼望着过年吃上果条了。桃花的孩子看见了米花送来的果条,立刻围了上来,三下五除二,一片果条就被他们瓜分完了。桃花说,慢点吃,瞧你们的馋样,三年大饿一般。

以前男人锋仔在家,每年桃花都做五十斤果条。锋仔做和面这些力气活自然不在话下。现在男人不在家。做果条一般都是指望邻里之间互相帮助。特别是和面这一力气活就更不用说了。男子汉是早就先约定的,否则会出现"过年的贴板——没空闲"的局面。

可桃花偏偏和邻居麻四闹僵了。为啥?就因为争沙场的承包权。

桃花这个村前面有一条河,每年春天,汛期一来,姑婆山上的沙子就随着黄泥巴水淌到了河里。汛期一过,沙子被锋仔抽上来,堆成金山银山。这个沙场本来是桃花的男人锋仔承包的。看见每天大大小小的卡车往河床上去拉沙子,麻四就打起了沙场的主意。承包期还没有到,麻四就往村主任家跑。跑了几次,沙场的承包权就跑到了麻四手里。

锋仔就和麻四吵得不可开交。最后还动起了拳脚。要不是村里人出来劝架,后果就不堪设想了。

这事过去后,桃花家和麻四家的坷垃就结成了。两家都说老死也不往来了。锋仔一气之下就背了包袱去了广东。

桃花看了看日历,都农历腊月二十八了。锋仔还没有回来。这老猴子,不要这个家了。不能再等了。她赶忙称了四十斤糯米,倒入桶里用水浸。等糯米浸饱满了,桃花才挑了米去加工厂碾米。

路上桃花遇到了麻四,她准备绕道走。麻四说,桃花嫂,承包沙场我是有不对的地方,等锋仔哥回来后,我准备和他合伙一起经营沙场。

桃花说,我们也不是小肚鸡肠的人。当时确实是你做得太过分了。

桃花熬的黄糖水正在咕噜咕噜冒泡的时候。麻四夫妻两推开了桃花的门。他们带来了四片果条,一箱苹果。桃花说,老弟来帮忙还送礼物来哈。

我是来负荆请罪的。麻四披上围裙,一双有力的大手用力的搓和着面粉。

梨花,你男人力气够大的。

梨花正在用擀面杖擀面,说:你家锋仔的力气不也一样大力。屋子里顿时暖和了起来。桃花把湿布蒙在和好的面上。麻四拿剪刀接过梨花擀好的面切条,桃花就拿切好的条结果条,梨花也拿切好的条结果条。一片片果条整整齐齐码在簸筛里。麻四拿做好的果条粘上芝麻。

傍晚的时候,四十斤果条才做完。桃花留他们吃饭,腰酸背痛的麻四夫妻已经出门了。

夜幕降临时,锋仔才回来。他对桃花说,买不到票,回来迟

了。他看见桃花正在起油锅,开始油炸果条。又问,这么快就做好果条了?

麻四夫妻俩帮我们做才有这么快!

哦,是这样!锋仔不由得笑了。

一片片油黄香酥、造型似鞋底的果条就这样清新出炉了。

锋仔拿了五片果条,一件牛奶去麻四家。屋外天寒地冻,屋里锋仔和麻四两双手紧紧地握在了一起。麻四说,锋哥来串门就空手来得了。

锋仔说,这不刚出炉的果条,趁热让你们尝一下。

麻四看着这一片片香脆的果条,说:这果条,饱含着邻居过年团圆欢聚,和和美美的愿景哩。锋仔说:可不是吗?我用果条在兄弟之间走动,它拉近了我们彼此之间的感情哈。

(本文发表在《作家文苑》2016年第3期。《独石滩》2016年夏季刊。)

第二辑

云卷云舒浮世绘

一个作家，要秉持对社会的责任感，去生活中寻找素材，揭示生活，艺术再现生活的东西。本辑小小说作者善于从庸常的生活中找准切入点，让人物折射出他的美与丑、善与恶……作品笔法灵动，依托主人公的苦与乐、沉与浮、得与失、爱与恨、商场与官场、欲望与奉献……字里行间流露出云卷云舒浮世绘。

偶　然

【导读】情节曲折,主题深刻,细节有独特之处,尤其是结尾的独白似的话,精彩精当。村主任的所作所为实非偶然!

早上,雄鸡在柴垛上报晓。二愣子正要去放牛。村主任急匆匆地来找他说:"走,二愣子,今天上午我们去你的茶树林看看。"

二愣子说:"好咧。"二愣子在五顶头山有一大块茶树林,这座山被县里征收了,准备作为怀韵水泥厂的石料区。

在路上,村主任对二愣子说:"二愣子,你家上有老母亲,下有3岁儿子,老婆又是残疾人,生活够苦的了。"

二愣子说:"不苦,我家里穷,40岁还是杨树剥皮,光棍一条。要不是村主任你牵线搭桥,我连这个残疾的老婆也娶不上咧。再说现在政府不是让我们吃低保吗?我得感谢你呀,主任。"

"谢什么,乡里乡亲的,我不帮你,谁帮你呀。"村主任正说着,就到了五顶头山,茶树是去年才种下的,现在只有半个板凳高,翠绿的叶子在阳光下闪闪发光。

"村主任,你真是诸葛亮再世,要不是你去年扶贫,送给我这么多的茶树苗,我这里的一大片土地,就吃亏了。"二愣子知道,自己这里有10亩地,过去联产承包时,大家都说这里土地贫瘠,种不出好庄稼。可是现在县里准备以80元每平方米的价格征收,大家就开始眼红了。按照这样算的话,二愣子不但能得到土地补偿款的钱,还能得到800棵茶树每棵的补偿款50元,这一下子自己就增收4万块钱。

到了地里,村主任掐了几支茶树枝插在地里,二愣子正丈二和尚摸不着头脑。村主任说:"你真是个四方木,还不快动手,插一枝就50块钱哩。等一下,县里有工作组下来核实。"二愣子恍然大悟:"主任,你太有才了。"等县里有工作组到来时,二愣子和村主任就"种"了124棵茶树。二愣子心里盘算着,今天上午就干了6200元的活。

一个月后,村主任叫二愣子到村委会取钱,二愣子就屁颠屁颠地去了。在办公室,村主任神秘兮兮地对二愣子说:"二愣子啊,我这次可没少给你操心,上下打点,也花了不少钱"。二愣子说:"全靠村主任的高明,都是村主任你的功劳。要不然,我哪里能有那么多补偿款"。村主任嘿嘿笑着说:"知道就好,我算没有白白地帮你。好吧!签字领钱"。二愣子说:"我不会写字"。村主任说:"哦,我忘了,我代你写,你按个手印就成。"二愣子数了数钱说:"主任,怎么少了4万块钱?"村主任把脸一沉说:"刚才不是说得好好的吗?怎么你变卦了?只要你好好配合我工作,将来,你就会有更多的机会得到上级补下来的钱"。二愣子想想也是,如果自己和村主任闹翻,这不是自找苦吃吗?连忙陪笑地说:"感谢村主任。"

这一年秋天,村主任走进二愣子的家里,关心地说:"二愣子,我看你家就挤在这60多个平方米的老房子里,墙体开裂、房顶漏雨,如果刮风下雨,可危险了。你一家人要是有个三长两短的,我这个村主任怎么向上级领导和父老乡亲们交代呀。"二愣子说:"是哩,可我拿不出多少钱翻新房子。"村主任说:"上面有危房改造工程项目,名额有限。"二愣子说:"主任,只要你帮我弄到指标,我对天发誓,危房改造补偿款我们五五分都成,天知地知你知我知。"

村主任眉开眼笑地说:"好!二愣子长见识了。我就给一个指标给你"。

正是启动建新房子的时候,二愣子却听到了一个坏消息。就在这节骨眼上,村主任却东窗事发,被双规了。原来,村主任利用职务之便,用亲人的名字和户口套取危房改造补偿款这件事情被人家举报到了县纪委。

二愣子看着自己被拆得一干二净的老房子,一屁股坐在废墟,自言自语地说:"村主任,你怎么早不被抓,晚不被抓,偏偏在这个时候被抓呢?我起房子的钱还没有着落。你这么个为人民群众谋幸福的好干部,怎么就下台了呢?上级领导,人家帮我们找到了资金,拿一点也是应该的。你们怎么就抓他呢?是我们同意给他的,要抓就抓我们呀。唉,不知道下一届村委会领导还会不会有这么和我二愣子亲的干部,有这么卖力的为我想办法弄钱的好干部呢?"

又过了几天,县里来了工作组。他们找到了二愣子,二愣子承认自己不应该为一己私利,出卖自己的灵魂。他把事情一五一十的和工作组说了。工作组说:"知道你老实,以后要按上面的要求公事公办。当你有困难的时候要向党和政府讲,当你的利益受到损失时要和党和政府讲。记住,你不要请客、送礼、给回扣给帮你办事情的人,你们这样做,就会助长了地方官的腐败之风,共产党是会不折不扣地为人民服务的。像你这样的困难户,是危房改造补偿的对象。"二愣子红着脸说:"那我的危房改造补偿指标,还有没有希望?"工作组的组长说:"这件事,你有一定责任。但是危房改造工程项目是党的民生工程,我们现在已经重新核实了,你的危房改造补偿款属于低保户这一档,有两万五千块钱。你不需要给谁回扣,也不要请客,送礼,上级领导会一分不少地拨款到你的户头。"二愣子说:"真有这么好?"工作组的组长说:"共产党说得到做得到。"

一阵秋雨后,瑶乡里山清水秀,万物越来越清新了。二愣子的新房子也在一阵噼里啪啦的鞭炮声中,举行了开工典礼。

(本文发表在广西《贺州日报》2014年11月26日。还发表在广西《贺州文学》2015年第3期。)

牛　事

【导读】捡来的一条病牛,引来了一场官司。法院接手了这个非常的案件。审理案件的时候,双方都舌枪唇剑,进行了答辩。到底谁对谁错,孰是孰非。《牛事》给你现身说法。

管忠开着拖拉机,哼着小曲,向山外走去。夕阳如血般照着田野。铺在水平如镜的尼玛河,一半是紫色,一半是红色,煞是美丽。

突然,他发现前面卧着一头奶牛。管忠把拖拉机停下来,走过去看了看。发现牛已经瘦骨嶙峋,根根肋骨显露出来。肚子左右两边的皮囊像粘在一起。一双无神的眼睛,无力的望着管忠。牛嘴巴里吐着白沫,可怜巴巴的样子。似乎在说,求求你,救救我吧!

管忠动了恻隐之心。他瞅了瞅空旷的四野,喊道,喂,谁家的牛呀!快来赶回去!山岚里回答他的是"喂,谁家的牛呀!快来赶

回去！"的声音。

管忠扯了跟树枝抽了抽牛，奶牛试图站起来，但是徒劳无功。哦，原来是一头病牛哩！他看见牛卧的地方是一个高突的土丘，就想了想，把拖拉机开到牛卧着的土丘，打开了车箱后的铁门，他用锄头挖土丘的泥巴，随着泥巴的松动，牛就滑进了车箱里。

管忠以前干过兽医，回到家后，天已经黑沉沉的了。他拿来手电筒，对病牛来了个望闻问切。主要是查看牛的舌头、鼻子、四蹄和牛的肛门这些地方。他三步并作两步，走到屋里翻箱倒柜，翻出以前当兽医时的书，一阵查找。管忠拿笔写了药方，骑上摩托车箭一般地往镇兽医站走去。

药买回来了。管忠对这头牛使出了看家的本领，精心医治。管忠的老婆打趣说，你呀，自找麻烦，人家都把它丢弃在野外，你却要把它拉回来医。

管忠说，好歹是条命。死马当活马医了。

也许是奶牛命不该绝。牛在管忠两个月的医治和悉心照料下完全康复了，虚弱的身体健壮起来。管忠开始把牛赶出去放养。牛撒开了四蹄在山坡上大快朵颐吃青草。

吴亮打这里经过，他觉得眼睛前的牛很面熟。忙走过去看个究竟。

吴亮问，老兄，这牛是你家的。

管忠说，嗯，不是我家的牛，我还来放牛。

这一看不打紧。原来这奶牛的模样和吴亮丢弃野外的一模一样。他怕打草惊蛇，不露声色地告辞了。

吴亮又马不停蹄地去了管忠的村里打听。管忠的老婆说，我老公在担岗岭捡的，不知道是谁丢弃的。他见牛奄奄一息，就把它拉回来调治。还真给他医好了。老天让我们拥有了这头奶牛。

第二天,吴亮找到管忠说,老兄,你这牛是捡的。

管忠说,嗯,对。

吴亮说,这是我丢弃的一头山东奶牛,原来买的时候贵着呢。两个月前,这头奶牛病得不轻,我请兽医医治了很久,可牛的病不但没有好转,还有将病传染给其它奶牛的危险呢。因此,我不得不忍痛割爱,把它丢弃在担岗岭。我求你高抬贵手,把它还给我吧!

不行,这牛是我捡到的。再说,我在牛身上也花了不少心思医治。管忠回答。吴亮说,只要你愿意还给我。我自愿支付给你一笔可观的医疗费。

管忠说,你自己丢弃的,现在我医好了。你这个人怎么好意思问我要回去呢?

吴亮看见管忠委婉地拒绝了自己。心里那个气呀,就没法形容了。他思前想后,一纸诉状,把管忠告到了法院。

法院接手了这个非常的案件。审理案件的时候,双方都舌枪唇剑,进行了答辩。

原告吴亮的代理律师说,管忠将捡到的奶牛据为己有,属于不正当获利。应该把牛归还给吴亮。

被告管忠的代理律师说,管忠将捡到的病奶牛治愈后据为己有,他的获利和吴亮的损失没有因果关系。管忠得到该牛的所有权是合法行为。

法院在听了双方的答辩后,不得不休庭,择日再宣判。

几天后,法院的判决书下来了。管忠拿着盖了法院印章的判决书心潮澎湃。手抚摸着判决书看了又看:

本院以为,吴亮因奶牛患病,久治不愈后,为避免病牛传染给其它奶牛而造成更大的损失,采取主动丢弃病牛。吴亮的损失是自己丢弃病牛所有权的行为引起的。而管忠的捡到的病牛,已经属于无主奶牛,根据民法通则的有关规定,管忠取得了该奶牛的所有权是有合法的依据的。

(本文发表在《精短小说》2016 年第 7 期。)

磨台变奏曲

【导读】有的东西,在有的人手里是垃圾,是废物。当它让有眼光的人看见,其结果会大相径庭。小小说《磨台变奏曲》篇幅虽然短小,告诉读者的哲理却意味深长。

我老家院子里有一个磨台。

爷爷用它来磨豆腐。他把黄豆放在温水中浸泡得胀鼓鼓的,用瓢倒入磨盘中,磨石一转,黄豆变成了乳白的琼浆,然后放到豆腐架上去过滤。木制架上挂上细纱布,把豆浆倒在纱布上,用手轻摇架子……做好的豆腐,外观白嫩如玉,可制成清蒸豆腐、豆腐圆等菜谱,风味独特,顾客满门。爷爷说,这个磨台是我们的传家宝哩。

到了父亲这一代,农村用上了打浆机,我家的磨台渐渐地退居二线,磨台被冷落在院子里。父亲说,这石磨,碍手碍脚的,卖了它吧!

我说,爸,磨台是我们的传家宝哩。不能卖!我还买了石缸、风车、纺线机……

父亲说，你怎么买了一堆垃圾。

我说，我高中毕业后，总得找事情做吧！

父亲说，这些东西能发家致富？

我说，是骡子是马，溜溜就知道了。

我的院子里挤满了看稀奇的人。人们站在我家的磨台前，体验过去磨豆腐的乐趣。看，豆浆都过滤出去了，豆腐渣则留在纱布包里。工人把豆浆倒入大锅熬，就变成一锅纯白透香的豆汁儿。师傅舀半瓢卤水，缓缓注入烧得翻滚的豆汁儿里。有卤水的中和作用，如雪花的豆腐脑儿才沉淀在锅里。在豆腐框上，铺好豆腐包布，用豆腐脑儿倒满，合严包布，再盖上框盖、石块，把水分挤压出去了。翻开框盖，用刀均匀划开，那晶白细嫩的豆腐就制作好了。游客说，太神奇了！

原来，我把磨台和过去的农具办成了一个农家乐博物馆，吸引了许多人来参观。父亲一边点着厚厚的钱一边说，你爷爷说得不错，这磨台是我们的传家宝哩。

(本文入选团结出版社《中国微篇小说2015佳作》一书。)

迁 墓

【导读】如果钉子户再闹下去，双方大动干戈，后果将会不堪设想。这个写法就落入俗套了。而钉子户最在乎的是祖墓。你闹僵了。不但得不到迁墓的补偿，而且大部分的人家已经同意了，自己就是蚍蜉撼

树。现在队长说的,就是点了钉子户的死穴。我们不动手,可能黑道上的人也会动手。到时候鸡飞蛋打,吃亏的还是赵家的人。相反,给个台阶下去,你会有长者风范!《迁墓》写的不是上策,但也绝不是下策!

每一年的清明节,赵天都要带领他们赵家庄的人去祭扫长眠在美猴坡的先祖。

赵天对当年安葬先祖的事情如数家珍。

他说,我们的先祖赵阔当年是个拔贡,官授九品。他最喜欢养地理先生,让他们拿了个罗盘,四处出去点地。一个叫通苟的风水先生,有一天,带了罗盘去点地,路过美猴坡,斗大的雨点就下了起来。通苟急忙找地方躲雨。他眼睛像扫描仪一样在怪石嶙峋的山上寻找,见石壁下有一个山洞。洞不是很大,也就七八个平方。通苟从洞口往外看去,只见洞外左边是一座竹笋一样秀气的山,右后是三个平平的土丘。从洞里鸟瞰下去,云遮雾绕,各个山头尽收眼底,晃如一个点将台。通苟用罗盘一摆,说了声,踏破铁鞋无觅处,得来全不费工夫。就是这里了。

听了风水先生的话。赵阔像得了宝藏一样高兴。唯一担心的是,美猴坡不是他们赵家庄的地盘。通苟把嘴贴到赵阔的耳朵旁边捣鼓了一通。赵阔就小鸡啄米似的点头。赵老太爷死后,赵阔就安排了八人抬着棺材,在八音队的吹吹打打下,往美猴坡走去。

到了美猴坡,八大脚抱怨说累死了,还有那么远,走不动了。

赵阔去这蒋家堡村的头人那里诉苦。我在你们村随便找个地方安葬家父算了。

蒋家堡头人收了地皮钱,同意了。赵阔拿了地契心中暗喜。于是就把赵老太爷安葬在美猴坡的山洞里。果然,安葬了赵老太爷后,赵家庄人才辈出,有人中状元,得进士,现在也有人在县城当政协主席和局长、科长的。大学生也出了不少。

赵家庄的人都说,先祖的祖水在沸腾,祖墓在冒烟哩。这些故事就深深的烙在后辈大脑的主板上。

每年的清明节,赵家庄的几百号人都毕恭毕敬的到赵老太爷的墓地挂纸。人们跪在刻有"前朝一山文笔秀,后拥三台应三台"的墓碑前上香,祈求带来好运。

没想到,这么一块风水宝地,却被上级部门划定为大型水泥厂的原料区。里面的墓要迁走。

赵家庄的人都不愿迁墓。他们把来做征收的工作队堵在了村口。

赵天说,我们这里的山头多得是,你们要征收别的山可以,就是不能打美猴坡的主意。

别的山头的石头不够标号,队长回答。你们可以把祖先安葬到更加好的地方。我们还可以优先安排你们赵家庄的人进水泥厂工作。

赵天说,呸,谁稀罕你的工作岗位!

赵家庄的年轻人开始动摇,他们想,祖先安葬得好也是为了保佑子孙有工作。迁墓也只不过是挪个地方。年轻人在协议上签名同意。

赵天和几个老头还是不同意。赵天说,他们敢动我们赵家的祖墓,就先从我的身上过去。

队长说,知道你们这个祖墓的风水好,出了不少人才。可是你们的祖先如果在天有灵,也会为了我们当地的经济发展挪窝的。政府已经下了文件,有迁墓补偿金给你们。如果你们不同意,到时候会按无墓主处理。

赵天打电话给村里在外工作的官,让他们通过关系网络,保护祖墓。在县城当政协主席和局长、科长的官们回话,要赵家村人配合政府工作。还要村里人联系风水先生寻找先祖的新墓地。

赵天骂道,你们这些败家子,我们赵家白养你们了。

第二天,征收队队长找到了钉子户赵天,来做他的思想工作。

赵天把脸偏过一边去说,你们就死了这份心吧!

队长说,大爷,我知道,祖墓在你心中的地位。我让你看一些照片,你再告诉我你愿不愿意。

队长先给了一个古墓的照片给赵天看。这是一个明朝的古墓,规模洪大。赵天点点头。

那个村的墓主也不乐意迁墓。可是,征收的工程队还没有动手,古墓就被人盗了。队长又拿另外的一张照片给他看。照片上,棺材四分五裂,骨头丢得东一块,西一块。随葬品也被哄抢一空。

赵天浑身似被一股透彻骨髓的寒气袭来,瞪大了眼睛,呆若木鸡地说,队长我同意迁祖墓了!

(本文发表在《甘肃经济日报》2016年4月16日。)

桃子熟了

【导读】定单农业是新时代的产物。诚实守信,诺言这些都是循规蹈矩。本文从双马塘的桃子熟了来写。牛尾巴来到自己的桃园,看见熟透了的桃子七零八落的掉在地上。那个悲伤心情,就好像《聊斋》中的秋翁的花园被坏蛋搞得七零八落时的心情一样。而挂在树上的桃子大部分已经软绵绵的了。牛尾巴感觉以前看见满树的桃子,就像看见一棵棵摇钱树一样。现在却是,看见银子变了水。知道自己损失惨重,轻轻地叹了一口气。告诉你农民的无奈

双马塘的群众以前种果树,是零零星星,这个三五棵,那个十把兜。而且花样繁多,猪头皮家种的是石榴,牛尾巴家种的是柿子,花月家种的是枣子,春风家种的是桃子……

出现这种格局,你就知道双马塘的群众走的是自给自足的模式。果子熟了,除了自己摘来吃,也有一些挑到街上去卖,但是都不成什么气候。

双马塘的群众日子就过得紧巴巴的。

真正成气候是这两年的事情。乡里提出了搞"一村一品",说明白一点,就是一个村只种一个品种。

穷则思变。猪头皮和牛尾巴、花月、春风他们一合计,大家都觉得乡里的搞法对头。他们祖祖辈辈小打小闹,辛辛苦苦种的水果,没有给他们带来什么实惠,反而给他们带来了忧愁,一到卖水果的时候,一条垫满了水果的街,卖的人比买的人都多一些,卖给谁呀?

猪头皮说,我现在总算明白了,一村一品的好处就是一个村,个个都是一个品种,形成规模化,品牌化,让外地的客商纷至沓来。

牛尾巴说,可不是吗?这样我们就可以进行土地流转,甩开膀子大干一场了。

双马塘的群众历史以来就吃苦耐劳,很快,他们就引进了名特优水果——四月红桃。

三四年后,四月红桃就硕果累累,一个个红红的桃子笑呵呵地压弯了桃枝。

这天,来了一个广东老板,他饶有兴趣地看了双马塘的桃子,又大又圆,红红的皮裹着黄黄的肉,摘一个放入嘴巴里,甜甜中又间又一点点酶酸,味道可劲道了。在他们广东很受消费者欢迎。于是,这个广东老板和果农说定按一块二一斤收购,时间电话再联系。猪头皮家有七百多棵,拿了五千元定金。其他果农也按果场大小,拿了定金。

过了些日子,又来了一个湖南老板,他看见双马塘的桃子如八仙桌上供给王母娘娘祝寿的蟠桃,眼睛都直了。就找到猪头皮和牛尾巴、花月、春风他们商量。他愿意以一块八的价格订购。牛尾巴一听,心里就打起了小九九,一斤就多六毛,十斤就多六块,一万斤就多六千块哪。

心里就骂,妈的,这个广东老板也太抠了,吃这么咸,我们果农就吃亏了。心里就开始动摇了。牛尾巴就对猪头皮和花月、春风他们说了一通洗脑的话。

花月、春风他们就也像得了传染病一样,动摇了。他们都想改弦易张,把桃子卖给湖南老板。猪头皮说,牛尾巴,一个女儿,同时许配两家,这样做不好吧!人家广东老板可是先来订购。

牛尾巴说,什么好不好的,谁给的价格高,我就卖给谁?我们种水果辛辛苦苦的,披星戴月地干,图的是什么?还不是为了多挣几个钱。你不要太死心眼了。

猪头皮说,我一女不嫁二夫。我就卖给先来的人。

几天后,广东老板来收购桃子。牛尾巴串通花月、春风他们,把定金退回了广东老板。

广东老板是外地人,在人家地盘上自然不好发作。只是要他们多交了两千块违约金。牛尾巴一算,还划得来,就爽快的答应了。

猪头皮叫村里人把桃子采摘了,卖给了广东老板。

牛尾巴说,强龙斗不过地头蛇,你猪头皮真是扶不起的阿斗。不要一万要八百。

花月、春风也嘲笑猪头皮,这个傻蛋!三天没有卖一个黄瓜,傻到家了。

广东老板前脚一走,牛尾巴就按了一串号码,湖南老板后脚就过来了。牛尾巴拿着定金洋洋得意地对花月、春风他们说,这样我们的桃子比原来的价格贵,总收入自然水涨船高,增加了不少的收入。

广东老板第二次来收猪头皮的桃子的时候,牛尾巴打电话问湖南老板,什么时候过来收?

湖南老板说,等收完我前面定的桃子,大概四天后才去你们那里收。

牛尾巴着急地说,老板桃子成熟了,人家都来收第二次了。你可要快点来啊!

湖南老板说,好的,晓得了。

第二天,双马塘村的上空,乌云像打翻的墨水一样,还没有来得及把山遮住,豆大的雨点就从天空倾盆而下。

牛尾巴正在看电视,天气预报说,华南地区两周内,连续有大到暴雨。他忧心忡忡的说,这鬼天气。他打了一个电话给湖南老板询问收桃子的事情,湖南老板说,现在华南地区暴雨连绵,桃子销路不好,要等雨停了才来收。

牛尾巴央求湖南老板说,老板,你冒雨来收吧,我们不怕雨淋。保证让你有桃子装。

湖南老板说，老表，对不起，你不要光是考虑自己。我们现在收一车桃调几天都调不完，坏的桃子在城市里倒掉还要出垃圾处理费。你要怪，就怪老天爷。

大雨刚刚一停，牛尾巴就拿了一把伞去桃园看看。他路过猪头皮的桃园，看见猪头皮正在招呼人家采最后一批桃子。

广东老板对猪头皮说，现在华南地区大雨如注，桃子价格已经跌价到八毛了。这些果子是小果多，我只能随行就市了。而且，这些是最后一批，我冒雨来收购，就是冲着你的诚实守信。我虽然亏了一点，但是我还是帮你把桃子销出去了。

猪头皮说，好说，好说！卖出去就是钱。

广东老板把一沓钱递给猪头皮说，明年我还来收你的桃子。

猪头皮说，再会，再会！

牛尾巴来到自己的桃园，看见熟透了的桃子七零八落地掉在地上。那个悲伤心情，就好像《聊斋》中的秋翁的花园被坏蛋搞得七零八落时的心情一样。而挂在树上的桃子大部分已经软绵绵的了。牛尾巴感觉以前看见满树的桃子，就像看见一棵棵摇钱树一样。现在却是，看见银子变了水。知道自己损失惨重，轻轻地叹了一口气。

这个时候，牛尾巴的手机响了，他的手机铃声是《等你等到我心痛》。他一看是湖南老板打过来的。他按了接收键，电话里说，明天过来收桃，请通知各位果农，另外软绵绵的果子不要。

牛尾巴用瑶话说，收你个头。我这是自作自受。

湖南老板说，你说什么，我听不懂！

牛尾巴说，我说我等你等到我心痛。

湖南老板说，有什么办法，人算不如天算。

（本文发表在广西宾阳《昆仑文苑》2015年第三期。）

水的欢歌

【导读】水是生命之源。有的地方水比油贵。这篇小小说通过彭泽群为群众找水,解决吃水难的事情,这样的干部群众喜欢,人人点赞!

黄昏的时候,夕阳觉得累了,慢慢地躺到了山坳里。

彭泽群拿下肩膀上的毛巾,顺时针在脸上擦了一把汗。然后,拿草帽扇了几下风。他走了一天了,脚都磨出了两个血泡。每走一步他都感到钻心地疼。走了一段,他感到喉咙里干巴巴的,难受极了。他下意识地打开水壶,里面压根没有一点水了。

彭泽群用舌头舔了舔嘴唇。继续赶路。他心里想,一定要在天黑前赶到旱岗村。

拐过了一道湾,随着几声狗叫,前面出现了微弱的灯光。彭泽群心里想,快到了!

彭泽群伸手敲了敲柴门。门吱呀一声开了。开门的是一个六十多岁的老人。

彭泽群说,大爷找碗水喝。

大爷说,你是外地来的吧!我们村缺水,这水缸里的水是从大水池里挑回来的,大水池是上级帮我们建设的蓄水池。里面的这些水是收集天上的雨水得来的。大爷把一瓢灰色的水,递到了彭泽群的面前。

你们每天就吃这些水。彭泽群皱起了眉头。

大爷说,有这水就已经很不错了。能喝!他怕彭泽群不敢喝,倒了小许进碗里,示范性地一饮而尽。

彭泽群用嘴吹了一下水,轻轻地吸了一小口。一股又苦又涩的味道令人作呕。说,这些水,下雨时,雨水冲刷泥沙,枯枝败叶流入蓄水池,浑浊得很。你们经常消毒吗?

大爷说,水也要消毒?

彭泽群说,大爷,如果缺少净化和消毒,蓄水池里的藻类和寄生虫滋生,长期饮用,就会危害身体健康!

彭泽群拿一个小本本,把刚才大爷说的情况记录了下来。

大爷说,你是干部。

对,我是组织上任命为旱岗村的第一书记彭泽群。

大爷说,你是第一个在旱岗村喝苦水的干部。我们村人畜饮水有希望了。

接下来的日子,彭泽群走到旱岗村群众中,调查研究旱岗村的饮水难的问题。

彭泽群在他的蹲点日记中写道:旱岗村的水比油还要贵。群众因为缺水,256亩水稻大面积减产,全村381亩椪柑无法挂果……水是制约该村发展的瓶颈。

彭泽群召集村干部开会,商量找水源的事情。

会后,彭泽群带头,和四个村干部背上干粮和水,扎衣袖缠裤脚爬山涉水,准备对旱岗村的山山岭岭进行一次水源地毯式的排查工作。

一个星期过去了。彭泽群他们走了许多山山岭岭却没有发现水源。村干部有点心灰意冷。

彭泽群说,心急吃不了热豆腐,我就不信,这里没有水源。

这天彭泽群一个人走进了旱岗村的一片荒野地。即将到中午时,天上乌云密布,不一会儿,斗大的雨点从天而降。彭泽群连忙钻进一个石窝下躲雨。雨下得真大,在地上溅起一朵朵黄泥花。不一会,浑黄的水从山坡上冲下来。彭泽群很久没有在野外看雨中的美景了,今天算开了眼界。雨停了,一条彩虹挂在天空,多美啊!他听到了淙淙的冒水声。彭泽群循声望去,洼地里冒出了大量清澈的水。他喜出望外,全然忘了雨后泥巴的脏和松滑。他跑过去,仔细查看地形地貌。还用手捧了一捧水,喝了一口,甘冽清爽!

晚上,彭泽群在灯下,铺开纸,写请求上级有关部门下来勘测水源的报告。

县领导对彭泽群的报告高度重视。县长很快就派出了勘测技术员。他们来到了彭泽群说的洼地里。设备"突突突"的开始运作,整整干了四天。勘测技术员告诉大家,洼地里有一条比较大的地下河,水流量大,而且稳定,水质良好,如果经过处理后,完全符合国家规定的人畜饮水标准。

大家兴奋不已。

可是,高兴过后,彭泽群又忧愁起来。旱岗村要建设水泵房,铺设供水管道,高位水塔,这要一大笔钱。到那里去弄这么多的钱呢?

彭泽群从腰包里掏出一叠钱来交到村干部们手里。村干部说,彭书记,怎么能够让你出钱,公事公办,我们旱岗村可以自己筹一部分资金。

彭泽群说,别啰嗦!你们也很困难。走,我们到上面去找支援。然后拿着项目建议书,带领他们,奔向了有关部门。

上级有关部门来到了旱岗村调查研究。对这里的人畜饮水工程进行了项目可行性评估。村里人看到了希望。

功夫不负有心人。省检察院同意对旱岗村的饮水工程进行帮扶。项目很快就动工了。打水井、接水管,建设水塔,彭泽群事无巨细,忙得像有个陀螺团团转。老乡说,彭书记,该吃饭咯。彭泽群从背包里拿出干粮,胡乱扒了起来,又是一餐。老乡们眼睛潮湿了,像南风天门上的水珠,一滴一滴流了下来。

水泵响了,水的分子,从百米深的地下,跳上来。它们排起了长长地队伍,舞起了水龙,水唱着欢乐的歌,沿着水管,横冲直撞,然后,迫不及待地,跳进水塔里。看见清澈的水从水管接到了农家。老老少少打开了水龙头,亲亲这柔柔的液体。妇女在水花下洗菜,洗衣服;小孩在水花下爽快地泡澡;牛伸着脖子,痛痛快快地饮水……彭泽群用手揉了揉布满血丝的眼睛笑了。

(本文发表在广西《钟山风》2015年秋季刊)

心　墙

【导读】一堵墙,就是两个家庭的"三八线"。中国讲究与人为善。如果我们想人与人之间没有隔阂,没有纷争,那么首先,就把我们的心墙沟通,把堵得慌的东西统统推到!

开门见山地说,小环和小芳的家并排着落在村子的东边。房子像两个要好的老牛,扎在一片开阔的地上。地上是几棵树,把她们的家打扮得像一副水墨画。

有阳光的日子,男人们都去地里干活了,小环和小芳在家里做吃的,小环做的是自己下河捞的虾米炒酸菜,闻到就会让你口水直咽。小芳做的是番茄和鸡蛋打汤,看到就会让你垂涎三尺。男人们收工回来,孩子们放学回来,小环和小芳都不约而同地把饭菜端到院子前面的树下,扯一张长桌子,两家六口人,一起津津有味地享受温馨的时光。

有风雨的日子,两个男人就在一起互相帮着收谷子,两家的女人一个扯着个麻袋,另一个拿着簸箕往里面倒谷子。收好了,两个男人争着去接两个孩子。小环和小芳微笑着说,今天东边的男人去,西边的男人留在家和我们和面粉,今天我们做大肚糍粑,让大家吃得肚子滚圆。

村里人都啧啧称赞说,真是五好家庭。

后来,小环的男人买了一辆客车,和老婆一起跑起了运输,孩子也送到了镇上读书。生活的快节奏,让他们没有时间像以前一样,可以和小芳家无拘无束的在一起。

小芳家吃了晚饭,小环和家人才回来,把车子停在门前的院子里。小芳闻不过汽油味,加上房子前面的地是两家的,现在小环家独占着,小芳对男人说,他们以为这个院子就是他们的了。男人说,摆什么神气,铲我们的面子。久而久之,小芳家里就有了意见。

又一个有风雨的日子小环和家人一起回来,发现自己家的衣服七零八落,十只鸡有三只下落不明。而小芳家却正在美美地啃鸡肉。小环家就满腹牢骚了,虽然人家没有义务帮自己收衣服,自己也没有证据说明小芳家偷鸡吃。小环对男人说,举手之劳,怎么就不帮一把。小芳的男人说,别和他们啰啰嗦嗦,一泡尿就和他们射断往来。

两个家庭也没有争,也没有吵。

但是村里人发现,几天后,小芳的男人请人在院子里砌了一堵墙。村里人说,好好的一副水墨画被人为地破坏了,可惜可惜。

村里人渐渐地发现了小环和小芳家的变化。

小芳家的猪不吃东西,小环家人说报应。小环家的车子撞了人,小芳家人说活该。

小芳的孩子正在门口啃猪蹄,小环家的孩子早就饿得咕咕叫了,闹着也要吃,小环的男人啪就一巴掌过去,红红的印子印在孩子的脸上。小环心疼地说,娃别闹,妈妈明天给你煮牛排吃。

小环的男人请人家做工,在家里大摆筵席,五魁首,六六顺,八仙飘地猜码。小芳的男人在家里把音响放到最大声,嘭洽洽,嘭洽嘭洽,嘭洽嘭洽,嘭洽嘭洽……

又是一个风雨交加的日子,雨好大,风好大。小芳的老父亲来帮他儿子家收衣服,轰隆一声,墙倒了,老人压在了下面。

小芳对男人说,都怪你,砌什么墙,上山烧火找火柴,这下子看你惹祸了吧。小芳的男人说,还愣着干什么,快救人。两公婆三下五除二把老父亲从砖头里扒出来,背上去火急火燎地往医院走去。

小环的男人对小芳的男人说,大哥,这些钱给大伯治病,以前总是你们帮我们。

小芳的男人把钱推回给小环的男人说,我砌的墙压伤了人,我有责任。

小环的男人把钱推回给小芳的男人说,墙又不是你推倒的,这是天灾人祸。天灾人祸无情,人应该有情有义。拿着,不然我可要生气了。

一叠钱在两个男人手里推来推去。

大雨过后,阳光灿烂的日子终于来了。小芳的男人拿簸箕把院子里的墙砖挑走。小芳说,还是没有墙的日子好。小环的男人对小芳的男人说,大哥,墙倒了不砌回来了?小芳的男人说,倒了好,砖墙倒了,可我的心墙却堵得慌,这些东西都要不得。小环的男人也拿簸箕帮他挑走砖。

小环和小芳的家并排着落在村子的东边。房子又像两个要好的老牛一样,扎在一片开阔的地上。地上是几棵树,把她们的家打扮得像一副水墨画。

后来,我听到村里人都啧啧称赞他们说,真是五好家庭。

(本文2015年4月4日发表在广西《贺州日报》.)

梁 子

【导读】《梁子》:习作描述"梁子"的人生故事,全文叙述自然,情节合理。故事的设计上要"奇、趣、巧",好小说是"七字"要义,当前能掌握"三字"就是上好作品。

梁子娘怀上梁子的时候,前面已经有大姐二姐三姐了。

梁子爹做梦都想梁子娘能够生个带把子的。当看见梁子娘生了三个闺女后,梁子爹就气得拿起神龛上的香炉摔了个粉碎。

梁子出生那天,天黑着脸,瞬间乌云密布,电闪雷鸣,暴雨倾盆。梁子娘遭遇了难产。

接生婆喘着气,一脸恐慌,说,我无能为力,快去请宋塘洞的

花婆。

梁子爹冒着雨去隔壁村找来了花婆。花婆走进卧室,出来甩了甩脸上的雨滴对梁子爹说,情况很严重,你想保大人还是保孩子。

从花婆严峻的神色,急躁的的眼神中,梁子爹看到了危重,他"扑通"一声跪下说,花婆,求求你老人家了,我大人小孩都想要。

花婆叹了口气说,我尽力而为。花婆又走进卧室去一阵捣鼓。梁子爹在天井里来来回回踱着步子,不一会儿,他扑通跪在地上磕头。好一阵子,卧室里传来了孩子的啼哭声。

花婆走出来说,是个带把子的,大人也平安。

梁子爹和娘把梁子当成了宝贝。含在嘴里怕化了。好吃的好玩的留给梁子,新衣服也是梁子才有。梁子想要星星,爹娘不敢给月亮。三个姐姐每天除了干活,还轮流着带弟弟。梁子呢,嘚嘚嘚骑在姐姐们身上,威风凛凛的。

梁子从小娇生惯养,读书时不是迟到就是旷课,不是打架就是斗殴。他后来破罐子破摔,干起了偷鸡摸狗的勾当。

有一年夏天,梁子趁着夜色去偷变压器,被人发现了,人家敲锣打鼓,周围的群众就蜂拥而至,进行了地毯式的搜索。群众把他堵在一片玉米地里,抓住了他。

梁子被判了有期徒刑三年。梁子在劳动改造时,梁子爹思儿心切,积劳成疾。梁子有一次立了功,上级为他减了刑。

梁子拿着行李回到家时,看见的却是爹的一堆黄土。梁子哭了。

梁子娘说,儿呀,你真是不见棺材不落泪!

梁子娘开始托人四处说媒。人家女方知道他好吃懒做,还呆过监狱,头就摇得像拨浪鼓。

娘不灰心,终于有一女家愿意把女儿嫁给梁子。

女人是个瘸子,说话还结结巴巴的。

娘说,人家不嫌弃我们,你就将就着吧!

梁子刚结婚那几年,埋头苦干,夫唱妇随,小日子过得倒也有滋有味。女人还为他生了一男一女。

梁子的女人虽然是个瘸子,但农活样样拿得起放得下。家里也收拾得井井有条。

梁子娘死的时候说,梁子,你要知足哦。

梁子说,娘,我知道啦!

梁子娘死后,梁子的儿子考上了大学。女儿到广东打工了。

梁子在家里种起了烤烟。梁子说,家里花钱的地方多,不种不行。

女人呢,跟着他苦了大半辈子,看见儿女有出息了,也瘸着腿跟梁子秋天里赶着牛整地;冬天里顶着寒风育烟苗、起垄;春寒料峭时把烟苗挑到地里移植;在烈日炎炎中两公婆浇肥、除草、松土、打顶抹芽;剥烟、扎烟、烤烟、理烟也是苦不堪言的事情。

儿子参加工作后,梁子开始嫌弃女人。过节,梁子口袋里有钱,但是他不买菜。人家家里饭菜飘香。梁子的女人在厨房里面对冷锅冷灶,伤心落泪。女人有了病痛,梁子也爱理不理。梁子还指桑骂槐,骂她偷懒。

女人一下子瘦了。她不堪受辱,偷偷的喝农药死了。

梁子这次没有滴一滴眼泪。他想女人死了活该。现在自己一手一脚,正好过日子。

梁子在街上的发廊里,认识了一个妞。妞细皮嫩肉,头发染

得黄黄的，嘴唇涂得像猴子的屁股，说话嗲声嗲气，温柔体贴。梁子三两下就被她迷住了。

梁子在这个妞的身上找到了活力、激情四射。他每天哼着小曲。梁子把自己连同全部家当都交给了妞。

日子如白驹过缝。一次，梁子外出回来，看见家里没有妞的影子。梁子就扯着嗓子喊，妞，你死哪儿去了。

梁子四处打听，村里人都说不知道。

梁子只好踉踉跄跄回了家，一仔细找，就发现了问题。存折、现金……值钱的东西都没有了。

现在，村子的巷子里，你会看见一个人，头发蓬蓬松松，像一个鸟窝，灰头土脸，破衣烂衫，一会儿笑，一会儿哭，疯疯癫癫的。唉，这个人，就是梁子。

良　心

【导读】人心换人心，四两拨千斤。可是有的人认为良心值不了多少钱，把仁义道德抛到九霄云外。福莲镇上饲料专卖店的老板大肥肉忘恩负义。最后被感化，也是良心未泯。汇款单上有大肥肉的亲笔留言：梅公子，你的行为，唤起了我的良知。让我悟出了做人应该诚信为本，与人为善的道理。三万六千元是我欠你父亲的十吨饲料款。另外四千元作为你救我的报酬，不成敬意。落款是：一个有愧于你家的人。

大肥肉是福莲镇上饲料专卖店的老板。

说他是大肥肉一点也不为过,180斤的体重,长在1米57的身高上。你一看,就是一个肉墩子。

这几年,全镇正在推广养三元瘦肉型猪。饲养走上了规范化,正规化,良种化的模式。

大肥肉做饲料生意,自己其实没有本钱。前五年,他在农村开手扶拖拉机,不小心把一个中学生给撞死了。把车子搭了进去,还借了几万元,才把事情摆平了。也算大肥肉有运气,在他最困难的时候,却碰上了县城正大饲料推广站的梅老板梅生。愿意为他先提供货源,帮大肥肉开一个饲料专卖店。等卖了货,再还货款。大肥肉可高兴了,这是掉到河里抓到根救命稻草嘛。这样四年下来,大肥肉在小城镇开发区上,买了地,建了四层楼房,还买了一辆崭新的五菱汽车。

大肥肉要进货,只要打一个电话给正大饲料推广站的梅老板。一天之内,饲料就会被梅生用专车送到大肥肉的饲料专卖店里。由大肥肉在货单上写欠条,过段时间,再由梅老板亲自到大肥肉的饲料专卖店里收货款。

这次,梅老板亲自开面包车,来福莲镇上催收货款。在牛背岭拐弯处,为避让一辆大货车,可怜的梅老板,落了个车毁人亡的下场。

第五天,梅老板的妻子穿着孝服来让大肥肉速还其夫上次送来的十吨饲料款共计三万六千元。

什么,老板娘。梅老板梅生没有跟你说,他送货来,我就当面给清楚了货款。大肥肉故弄玄虚。

不会的。梅生五天前,就是说来收你的货款才出的事。梅老板的妻子伤心地回答。

已经还过了。不信,你拿货单欠条来。大肥肉一副死猪不怕开水烫的样子。

梅老板的妻子用低沉的语调说,货单欠条在我丈夫出事时,连车一起翻入水库中找不到了。做生意讲的是诚信,做人讲的是良心。梅生生前对你不薄,你这人怎么趁人之危。

这时候大肥肉的饲料专卖店门口涌来了许多的围观的群众。

我几时不讲诚信,不然我的生意会这么好。我几时不讲良心,我当时给了你丈夫十吨饲料款共计三万六千元。你反过来赖说我没有给。真是岂有此理。你丈夫翻了车子就是报应。大肥肉口中吐着唾沫星子,一副不依不饶的样子。

围观的群众一时间分不清楚谁对谁错孰是孰非。梅老板的妻子只好自认倒霉,空手而回。大肥肉从此不再到梅老板县城正大饲料推广站进货。自己开车到市饲料批发市场进货。有一天是大雾天气,能见度很低。大肥肉在去市饲料批发市场进货的路上,与一辆大货车相撞。大货车的司机当场死亡,大肥肉也奄奄一息。这时候,来了一个晨跑的大学生。他看见了大肥肉打通了110电话和120电话。由于抢救及时,大肥肉才保住了性命。不过双腿却安上了假肢。后来,大肥肉知道了是梅老板正在读市教育学院的儿子救了他。大肥肉后悔不已。

几天后,梅老板的儿子接到了一张四万元的汇款。汇款单上有大肥肉的亲笔留言:梅公子,你的行为,唤起了我的良知。让我悟出了做人应该诚信为本,与人为善的道理。三万六千元是我欠你父亲的十吨饲料款。另外四千元作为你救我的报酬,不成敬意。落款是:一个有愧于你家的人。

(本文入选广西《贺州文学》2013年第4期。)

老弟媳妇

【导读】分家是农村的一件大事情。毕竟兄弟一场,现在自立门户。如何取舍?事关人的道德。人都有自己的小九九。能够从大局出发,老弟媳妇是做得不容易。她的年猪尽孝了。这猪东道酒只好等明年再请大家吃了。虽然一等再等,大家却对老弟媳妇刮目相看。

我成家后,我这个当哥哥的就开始关心老弟的生活。我利用在信用社上班下乡办业务的机会,把帮助老弟挑选老婆合适人选的事情提到了议事议程。

我未来的弟媳妇是曹潭人,姓何,人可何。叫丽芬。

老弟和她一见面,双方都很满意。于是,老弟的婚姻大事瓜熟蒂落。

等弟弟成了家。我爸说,树大分叉,仔大分家。他老人家决定弟媳妇进门后当年就分家。

在我们瑶家,分家的这一天,我爸请了屋里头的长辈,我爸的娘家人以及我老婆和老弟媳妇方的娘家人,以表示分家公平公正。

我走进堂屋,里面坐满了人。我爸正热情地倒开水给客人。整个房子都是烟雾缭绕的。我爸咳嗽几声后,开门见山地说了分家方案:哥哥的嫁妆不动,归哥哥所有。弟弟的嫁妆也归弟弟所有。至于粮食嘛,一分为二。土地呢,就按人口平均摊开,贫瘠和肥沃搭配

好,尽量一碗水端平。房子是三间堂的,因为我在外面工作,所以三间堂的房子也从中间分开。老牛、小牛犊归我弟弟养……

我老弟媳妇这个时候坐在左厢房里,听我爸鸡毛蒜皮,三瓜两枣地细说。

我老婆方的娘家人说,春秀,对分家你有什么看法,就尽管说出来。我们是上门亲。话说娘亲舅大。我们为你撑腰。你要知道,过了这个村,可就没这个店了。

我看了看我老弟媳妇。说,老弟媳妇,你先选。不满意,就可以协商。

我妈妈伸长了脖子听我老婆和老弟媳妇把这场分家的戏唱下去。

我瞅了瞅老弟媳妇。她从左厢房里出来,理了理刘海。脸红得像一朵山茶花。

我想好戏开始上演了。

不料老弟媳妇却对堂屋里的人说,依我看,父母亲把我们几兄弟姐妹拉扯大,也不容易。所以我听公公婆婆的安排,我有手有脚,有工作,往后我们缺什么自己可以挣钱买。我老弟方的娘家人一拍大腿说,嗨,你这个人怎么这样傻了吧唧的。

爸请的屋里头的长辈,啧啧称赞,说我老婆和老弟媳妇都是明大意,识大体,有德泽的人。

我舅公说,如果没有意见,这事情就这么定了。对我妈说,大妹子,你们分家可省心了,积德修来的福气呀!然后就写了分家协议。大家就签了字,按了手印。

我们两兄弟分家没有费口舌,没有摔东西,没有怄气,没有吵吵闹闹就把家分开的了。

分家后,我弟和媳妇男耕女织,夫唱妇随。老婆叫我帮助他们抓了一头小猪来养。

这头小猪非常让人喜爱。丽芬每天都去田野里打猪草,煮潲给它吃,帮小猪铲屎。她把小猪侍候得妥妥帖帖的。期待着过年,好杀年猪,过肥年,请屋里头人和娘家人来吃猪东道酒。我们瑶家有过年请外家人和屋里头人吃猪东道酒的风俗。以表示对他们一年里的关心帮助表示感谢感谢吧。

过了农历十一月,我妈妈得了心脑血管疾病,我爸急得像热锅上的蚂蚁。四处去借钱,凑医药费。

看见婆婆被病魔折磨得痛苦的样子。老弟媳妇丽芬翻来覆去,彻夜难眠。

第二天,老弟媳妇去找杀猪佬来看猪。猪正在圈里悠然自得地睡觉。杀猪佬说,这猪正是长膘的时候,卖了可惜。可是我老弟媳妇说,有什么可惜的,人命关天。于是,老弟找来了几个人高马大的人,在他们帮助下把猪给卖了。

这就意味着我弟媳妇家的猪东道酒泡汤了。

过了腊月二十四,家家户户开始杀年猪,年味渐渐地浓起来。猪满村地嗷嗷叫,叫得老弟媳妇心里发慌。

丽芬看见德福家正在杀年猪。她养的猪肥头大耳,膘肥体壮的。德福叫了几个牛高马大的人来,两个拉猪耳朵,一个拉猪尾巴,另外两个压住猪的四蹄。猪在长条凳上嗷嗷叫,垂死挣扎,把长条凳都压断了。当然,这个猪的叫,并没有改变猪的命运。猪被杀猪佬一刀下去,鲜红的猪血从食管里喷出来,喷得年味红红火火的。他们屋里头人和德福的娘家人热热闹闹地坐在堂屋里,黄黄的猪胆酒满上了,鲜美的猪肝粉肠摆上了,粉蒸肉香气腾腾地摆上了……大家伙大快朵颐。丽芬也被德福请去吃。她拿着筷子,手却一直迟迟没有动筷。德福说,她弟媳妇,吃呀!我弟媳妇

说,吃,我正吃哩。那一天大家都说喝德福的猪东道酒爽。大家喝得脸红脖子粗,最后,德福还给了大家每家一斤猪肉。

我嫂子拿着德福给的一斤猪肉,对正在厨房里正在忙着挂腊肉,做扣肉,灌为腊肠的德福说,叔叔,为了给婆婆治病,我家这猪东道酒只好等明年再请你们吃了。德福说,都是一家人,你这样说就见外了。

现在我弟媳妇日子过得风生水起地。他们从山东买了二十多头牛来养,还种了二十多亩脐橙。他们的年收入有十万以上。和我这个拿工资的好有一比。

每一年过年,我们一家人都汇聚在一起,喝猪东道酒,团团圆圆,和和美美地享受生活中酸甜苦辣,悲欢离合,团团圆圆,和和美美,五味杂陈的味道!

（本文发表在广西《平桂文艺》2015年第1期。）

讲　话

【导读】良言一句三冬暖。一个人的讲话是很要紧的,所谓祸从口出嘛。对于两个村的纠纷,朱乡长的讲话就很有水平。春风化雨,处理事情干净利落。值得我们学习!

这里是三面环山的大瑶山,你瞧上面是人口少的栎岗村,下面是人口多的栎脚村。就像一根藤上的两个瓜,结在缠缠绵绵的大山里。

栎岗村人，因为住在地势高的丘陵地带，方圆三十多里打不出一口水井哩。没有水源，吃水比吃油还要贵。村人每天一早要挑桶吱吱呀呀到三十多里外的栎脚村挑水吃。栎岗村的人羡慕说，龙王爷就看得起栎脚村的人，给了一口取之不尽用之不竭的水井。而我们却像无娘仔一样，没有乳汁的哺乳。

栎岗的村长吹哨子召集大家在老槐树下说，现在，当务之急，就是挖一口井，解决几百年来人畜吃水难的问题。

大家都说，村长讲话讲到了点子上。但是老祖宗都墨守成规，我们能突破吗？

栎岗的村长好像大家肚子里的蛔虫，他说，我就不信龙王爷不来栎岗村做客。过去有愚公移山，刘刚打井，今天我们就来个栎岗掘井。大伙看见领头雁雄心勃勃，纷纷响应。表示掘地三千尺也要挖一口像模像样的水井。

大家说干就干，有钱出钱，有力出力。先请探测队找到水源。不几天，挖掘机轰鸣的声音，打破了山谷的寂静。

栎岗的群众憧憬着美好的愿望。不料半路杀出个程咬金来了。

你们栎岗村这样干等于是在鸡的脖子上割一个口子，我们栎脚村就没有水吃了。不要只看自己的脚趾头走路。栎脚的村长带着村里的群众挥舞着锄头怒气冲冲地说。

就是，就是。栎脚村的群众随声附和。

我们在自己村的地盘上挖我们的井，又不是挖你们的五脏六腑，你个村长倒好，发动群众往我们的水井里倒玻璃，倒石头。我今天也表个态，任何艰难险阻也阻挡不了我们继续挖的决心，我们要挖到有水的好井的为止。栎岗的村长说，挖不出水井，我这个村长就不干了。

栎岗的群众说,支持栎岗的村长,挖不出水井,我们就无法给下一代一个交代。

栎脚的村长说,如果我们村八百多人没有水喝,这个责任你们栎岗村的人负得起吗?希望你们和舌头商量后再说话。

栎岗的村长说,你们不要以为村有八百多人口,欺负我们三百多人口的小村,我们总不能天天吃水要到三十多里外挑,希望你们也要考虑我们的难处。救人一命胜造七级浮屠。

……

挖井现场,两个村的群众舌枪唇战,婆说婆有理,公说公有理。

栎脚村的群众用人墙阻挠挖掘机开工。栎岗的群众就去拉开人墙。眼看见剑拔弩张。栎岗村的村长说,好,算你们有种。大家都给我住手!我马上到乡政府汇报工作。

朱乡长听了栎岗村的村长的话说,好了,都是隔壁,难道你们要为了一口水井,大动干戈?如果闹出几条人命,都吃不了兜着走。我看,明天我和乡里的司法所,派出所,水管所的几个负责同志都到现场去看一看,开一个现场会,如何。我双手赞成。栎岗的村长说。朱乡长打了电话给栎脚村的村长。巴不得这样做。栎脚村的村长说。

第二天,朱乡长来到了挖井现场。听取了水利测量的专家分析后,他对双方的村民代表说,栎岗村挖的井确实在栎脚村井的水源路上,挖不得。

栎岗村群众起哄说,朱乡长,你可不要帮人口多的村。难道我们就不应该有自己的一口水井吗?我们做梦都想有一口水井呀,朱乡长。

朱乡长说,大家静一静。作为一乡之长,你们栎岗村和栎脚村的群众都是我的父老乡亲。你们就像手心手背一样,我都要全盘考虑,能一碗水端平更好。栎岗村的群众吃水困难,我如鲠在喉。这样吧,我上县里汇报目前两个村的愿望。

栎岗村的村长说,朱乡长,你可要为我们想一个两全其美的办法呀。

朱乡长再三考虑后说,我看这样好不好。他停了停接着说,在栎脚村安一个大水泵房,把水抽到栎岗村和栎脚村,在那里搞两个大水塔,让家家户户用上自来水好不好?栎脚村就像水井就像外婆的奶一样,大家都可以吃。

一方水土养一方人。同意,同意。栎岗村群众说,朱乡长讲话有水平。

一衣带水睦邻友好。没有意见,没有意见。栎脚村的群众说,朱乡长讲话好艺术。

三个月后,一条《深山瑶胞喜用自来水》的新闻报道上了自治区日报的头版头条。

(本文发表在《九江洲》2016年第一期。)

赵老倌的发财梦

【导读】此文好。小说味道十足,有意蕴。情节曲折,主题健康。引人入胜的情节,吊足了读者的胃口。

梅岭村位于福莲镇一座大山深处。赵老倌就是该村的一位

村民。今年五十六岁,一副憨厚老实的样子。

小时候,赵老倌常常和爷爷去放牛。此时天空是湛蓝湛蓝的,白云悠悠的流动,牛儿在山坡上吃草。赵老倌就缠着爷爷给他讲故事。爷爷道:"话说清朝末年兵荒马乱的,我们这儿有一股儿大马(土匪)头子叫丈天霸。这丈天霸的飞镖十分了得,百发百中。"

爷爷指着前面那座五指山说:"丈天霸就是在这座山上的百马洞落草为寇的,不过这些大马从不骚扰百姓,只抢劫贪官污吏,劫富济贫。"小时候的赵老倌就双手托着下巴,一双眼睛望着满头银发的爷爷。眼前似乎就浮现骑马的土匪凶神恶煞的打家劫舍的画面。爷爷用手摸了摸胡须接着说:"丈天霸一生积攒了许许多多的金银财富。丈天霸死后,他的儿子丈公梁就带领弟兄们与日本鬼子干上了。有一次丈公梁被日本鬼子包围了。装备精良的日本鬼子发起了一次又一次的猛烈进攻,灰头土脸的丈公梁和弟兄们看见弹尽粮绝,就与日本鬼子展开了肉搏战。战况十分惨烈。丈公梁和弟兄们全部壮烈牺牲。他们个个都是英雄好汉。后来那笔金银财宝也不知所踪。"赵老倌听完了故事就央求爷爷带他到五指山上的百马洞去寻找宝藏。可惜直到他爷爷死了,赵老倌也没有找到那笔宝藏。

一天天长大的赵老倌,发财的欲望也在一天天膨胀。他一次次地上五指山,一次次拿手电筒进曲径通幽的百马洞去寻找宝藏,结果都无功而返。

这年秋天,梅岭村来了3个外地人。他们自称是上级派来帮助瑶胞探测金银财富的工程队。

赵老倌高兴得不得了。年前他去找刘瞎子算过命,刘瞎子说他今年一定会走好运,难道是被他说中了。赵老倌心里嘀嘀咕咕的,便自告奋勇地对工程队队长说:"我爷爷告诉我,我们村附近的五指山上的百马洞过去有土匪住过,并且留下了一笔宝藏。"工程队队长说:"真是踏破铁鞋无觅处得来全不费工夫。太好了,你就当我们的向导吧,事成后,我们平均分配。"赵老倌笑着对工程队队员们说:"好,一言为定。"

这城市里来的寻宝队伍就是专业,让土生土长的赵老倌大开了眼界。有锄头、铲等工具。对了,还有一台电子探测仪,这玩意儿可好了,只要一遇到金属,就能发出"嘟—嘟"的声音。第二天赵老倌就带领3个外地人悄悄地向五指山上的百马洞出发了。

工程队队长拿着电子探测仪像赵老倌用喷雾器杀虫一样,对百马洞进行了地毯式的搜索。功夫不负有心人,终于在百马洞的第三个厅发现了目标。

随后,赵老倌和3个外地人就挥舞着工具,把目标里三层,外三层的挖,一个个汗流浃背。大约挖了两天,从洞的石头缝里,挖出了一个锈迹斑斑的箱子,一看,就是一个古代的东西。此时赵老倌的心就像悬在半空中一样。难道这就是爷爷故事中的大马丈天霸留下来的宝藏。果然不出所料。当工程队队长把锈迹斑斑的箱子打开后,只看见里面全部都是宝贝,有珍珠、项链,有手镯、戒指,有金条、玛瑙等。看得赵老倌眼睛都直了。

当赵老倌带着这城市里来的专业寻宝队伍回到梅岭村时,整个村子都轰动了。这个瑶胞说没想到大马丈天霸留下来的宝藏是真有其事。那个瑶胞说赵老倌走狗屎运,给他发财了。

这天晚上,赵老倌杀鸡宰鸭,为找到宝藏庆功。瑶乡里的小熬米酒,把赵老倌喝高了。工程队队长对脸红脖子粗的赵老倌说:"老赵,谢谢你!带领我们挖到了宝藏,这些宝藏起码值好几十万。"赵老倌头冒金星说:"那是那是,说不定还值好几百万。"工程队队长拍了拍赵老倌后接着说:"这箱子宝贝暂时由老赵你保管。我和队员们明天去城市里找专家来鉴定,估计需要2万元左右。老赵你在农村只要出5000元就可以了,其余的由我们出。好不好?"赵老倌说:"没问题。我尽快把钱交给你们。"

第二天一大早,赵老倌就去村代销店向祥水公借2000元。祥水公起初不同意。经过赵老倌再三要求,并且许下承诺,等这些宝藏拍卖后,赵老倌同意还回向祥水公借的2000元外,还给祥水公百分之三十的利息。祥水公终于同意借给赵老倌2000元。就这样,赵老倌大大方方地把借来的2000元和自己的3000元共5000元交了工程队队长。还雇了一辆拖拉机送他们到福莲镇去搭班车。临别时,工程队队长热情地拉着赵老倌的手,叮嘱他说:"老赵,这些价值连城的宝贝,你可要帮我们看好喽。"赵老倌拍着胸脯说:"没问题,就等你们的好消息了。"从此,赵老倌每天都乐呵呵的。他去打酒,没有钱给人家,老板说:"没关系,等你的宝贝卖了再给也不迟。"他去买鱼,没有钱给人家,老板说:"不急,等你的宝贝卖了再给也不迟。"他要买什么,人家大大方方地赊给他,他要借什么,只要向人家说一声就什么都借到手了。

转眼间,几天过去了,一个星期过去了,一个月过去了……赵老倌盼星星,盼月亮,天天都去村口去望,着急得像热锅上的蚂蚁。可惜,哪里还有工程队的影子。得知消息的村代销店老板祥水公说:"赵老倌你上当了,这些宝贝肯定是假的。算我祥水公倒霉。百分之三十的利息我不要了,你赶快还回我那2000元钱。"得到消息的卖酒老板,卖鱼老板,凡是借东西给他的主人,纷纷找他算账。这下子,赵老倌如梦初醒,口头流传的故事没有经过科学的验证怎么能轻易相信呢。他一下子瘫倒在地上。

(本文发表在广西《贺州日报》2014年9月24日。还发表在《小小说出版》2014年第3期)

和青春一起走过

【导读】把老师的事迹集中凝炼一些去写，突出大学生老师的稚气和爱心——他比学生大不了几岁，但他的哥哥角色和老师角色拿捏得很好。

那年是 2008 年吧，那月是五月里吧。对对对，小文摸了摸头发，想了想，一点不错，槐花开放的季节，他记得清清楚楚。也就是小文 20 岁那一年。是大学快毕业的那个学期吧，他对自己就要到乡下一所中学实习感到兴奋。

小文实习的地方是福莲镇福莲中学初中二年级 3 班。这个班有 21 个男生，17 个女生。因为大家都是年轻人，所以，小文的到来，给初二 3 班带来了活力。

来学校上了几天课后，小文发现有一个叫李玲玲的女学生有点特别，她身材高，发育早，总是心事重重的样子。再加上她性格内向，沉默寡言，显得很孤僻。小文也不知道怎么帮她。直到有一天，校长心事重重地说，小文老师，我们现在急需要一个生物老师。你知道，在农村开展性教育课面临的压力要比城市大得多……讲得太到位又怕落个不正经的骂名。小文看见校长欲言又止的样子，就答应了下来。心想反正也没有什么，虽然自己也是个小姑娘。

上课前，小文事先给学生们布置了课前作业：观察你的身体

近两年有什么变化？男生和女生的生理结构有什么异常？这样的题目像一个炸雷，在学生中炸开了锅，疑惑的，好奇的，害羞的，兴奋的……各有不同。

家长和其他老师对小文布置的课题窃窃私语。有的说，中学生只要学好数理化就好，生理课太敏感，上不上无所谓。有的说，课题不适合中学生，会影响学生心智；还有的说：小文老师思想有问题，值得关注。更有的说，在中学生中开展这样的课，简直胡闹。

小文觉得开弓没有回头箭。所以只能把别人的指责，当作了前进的动力，决心用自身所学，给学生上好这一节生理卫生课。因为她知道这对青春期的男孩女孩意味着什么，有多么重要。上课这天，小文准备了很多的资料和图片，全班同学都整整齐齐地坐着，并不像平时那样闹哄哄，而后面的椅子上，校长和一些别的老师也整齐的坐着，好像对这节课拭目以待。

首先，小文老师把男同学和男老师都请了出去，只留下女同学和女老师。"我知道，有些事情很难启齿，但是确实每个青春期女孩都将面临的，那就是你们身体上的变化。小文开门见山，她发现每个女孩都听得很认真，接着说"不要为自己身体的变化而害羞，这说明你们在慢慢长大。"说这话的时候，小文用温柔又调皮的眼神看着李玲玲，李玲玲也会心的笑了。接下来，小文用生动的语言和大姐姐般的语气讲述了女孩生理期的缘由和注意事项，每个学生都聚精会神，还有拿出笔记本记笔记的。这些其他老师都看在眼里，不自觉地对这个大学生老师充满了敬佩之情，有的还想让自己的女儿也来听一听。此外，小文还讲了一些关于早恋的问题。结合自己的亲身经历讲了一个生动的早恋故事，大家都听得入迷了，被女主角的经历而感动。

最后，小文用几张图片呈现了一朵美丽的花的调谢的过程，小文说："青春期的女孩就像这开得鲜艳又美丽的花朵，美却很脆弱，要懂得保护好自己，让花期更长久，不要让这朵花过早的调谢。但是如果受到了欺负或者威胁，一定不要沉默，要善于利用法律武器保护自己。"热烈的掌声随之而来。

随后，交换顺序，女生们出去，男生们进来。小文在男生这边的开场白很特殊："同学们，你们看老师今天好看吗？"大家这才发现，小文今天穿得很漂亮，碎花连衣裙，鸡心领，露出白的脖子和雪白的手臂。头发散下来服贴地贴在肩上，头上还戴了一个红色的蝴蝶发卡。"好看，特别好看！"有几个胆子大的男生率先回答。"那么，你们喜欢老师吗？"小文继续问道。这样的话一出，有的老师觉得很过分。这不是赤裸裸地"教坏"学生嘛！

"老师，我特别喜欢你。"班里的"刺头"说道。小文笑了笑："这很正常，因为你们都是正处于青春期的男孩子，荷尔蒙分泌旺盛……"接下来，小文详细地讲了男生青春期的生理变化，和正常反应，包括最难启齿的话题，都被小文巧妙地语言过渡得极为自然。总而言之，这节可是成功的，小文得到了认可和校长的赞扬。

更让小文开心的事是，课后收到了两张纸条：

老师，我总是很自卑，因为身体和别的同学不一样，我经常被其她女孩子笑话，有一次在回家的路上还被流氓欺负过，这些我都不敢说，但是听了你的课，我心里感觉很宽慰，我应该为自己的身体变化而自豪，对吗？那些流氓我也不害怕了。我要像你说的那样，保护好自己。

李玲玲

老师，感谢你特殊的课，我最近正为身体的变化而烦恼，早

上起来经常"尿床",这让我很苦恼,但是听了你的课,我觉得这是我长大的象征,我正在成为真正的男子汉,谢谢你,老师。

"刺头"李浩然

很快,小文的实习结束了,走的时候大家都很舍不得她,小文抿嘴一笑,清晰地知道自己将来想要什么,回到学校已经很晚了,小文觉得今天的明月好亮,好亮。槐花开放的季节,好美,好美。那群青春期的孩子,好可爱,好可爱。

9月,新学期开学,福莲镇福莲中学初中二年级3班迎来了新的班主任老师。

(本文发表在《参花》2015年第六期。)

挂　职

【导读】唐子平到大石桥乡挂职副乡长,通过收购烤烟的事情,和一些干部做的工作大相径庭。在群众面前树立了威信,树立了口碑。党和人民就需要这样的人民公仆。

唐子平来到大石桥乡报到,他现在在该乡挂职副乡长。

唐子平是挂职副乡长,平时,大石桥乡的乡长、书记都没有什么工作分配给他做。

唐子平想,毕竟自己是来挂职的嘛。没事情就偷着乐吧!他今天一上班,就倒了一杯茶,拿了一张报纸,优哉游哉地看起来。

大石桥乡是烤烟生产的大乡。现在正是春烤烟生产的大忙时节,许多干部都下乡去了。办公室里静悄悄的。只听见时钟在滴滴走的声音。

这时候,办公室里的电话响了。唐子平拿起来,接了电话。电话是一个农户打来的,说是大石桥乡邻近湖南桃墟的方向附近发现有两辆拖拉机烤烟过来。你们不是要打击烟贩子吗?赶快过来拦截。

唐子平连忙放下手上的报纸。开车过去。

在农户举报的这个路口,他看见乡长正在一棵大桦树下"斗地主"。好好的一个关卡形同虚设。两辆拖拉机烤烟大摇大摆得开往大石桥乡的烟草收购站了。

唐子平说,乡长,有烟贩子的两辆拖拉机烤烟过来我们乡。你们刚才正在打牌,没发现吧!

乡长把烟屁股一丢说,唐副乡长初来乍到,嚷嚷什么!大呼小叫的。这里的一草一木,能逃得过我的眼睛。忘了告诉你了。为了保证我们大石桥乡的烤烟生产超额完成今年的任务,我们守关卡的原则是只许外地烤烟进来,不许本地的烤烟出去。你听明白了。回去吧!没事,没事!

唐子平说,那好,乡长我走了。你们忙!

到了大石桥乡的烟草收购站门口,唐子平听见里面有争吵声音。就下了车,走了过去。

我们先来,凭什么让他们先卖。他们为什么不排队。搞特殊。呸——当地农户愤愤不平。

烟草收购站的人员解释说,人家大老远从湖南过来,让人家先卖,人家还得赶回去。这些是我们乡制定的优惠政策。

闹归闹,胳膊拧不过大腿。当地农户只好眼睁睁的看着人家下烟、评级、过磅……验级员大着嗓门喊:中桔一、中桔一、中桔

一、中桔二、中桔二……

两辆拖拉机烤烟卖完，烟贩子老板笑呵呵地走进了烟草收购站站长的办公室。

轮到本地的农户卖烤烟了。他们把黄澄澄的烤烟下来。又是一番下烟、评级、过磅……验级员大着嗓门喊：中桔三、中桔三、中桔四……

本地的农户说，怪事情，刚刚我们看见是和湖南过来的烤烟一样的，怎么就变成中桔三、中桔四……你们怎么压级了。

另外的一些本地的农户说，你以为这些烤烟容易种，要装营养袋育苗、移栽、施肥、打顶、抹芽、杀虫、采收、烘烤、整理……

烟草收购站的人员说，这个我们懂得。可是人家的烤烟质量好一些。你们爱卖就卖。不卖拉倒！

本地的农户说，压级我们就不卖。我们宁可拉回去自己抽。

另外的一些本地的农户说，对，不卖。我们乐意把它踩进田里当肥料。

唐子平看看，事情不好，怕发生斗殴事件。连忙挤进去从里面选出来一些差一点点的烤烟说，就这些是中桔一、这些是中桔二，选出来的是中桔三、中桔四……你们看，这样好不好。

本地的农户说，这个干部的做法还差不多。

烟草收购站的人员说，你是谁？是你说了算，还是我们说了算。

唐子平说，我是这个乡的挂职副乡长。

烟草收购站的人员说，既然是来挂职，就不要多管闲事。

唐子平说，哟，这个事情我今天还真的是管定了。说着，拿了一把凳子坐了下来。

大家正在相持不下。乡长赶来了。

刚才湖南的烟贩子回去时,把这里的事情告诉了乡长。乡长怕把事情闹大,就赶过来协调。乡长铁青着脸说,哟唐副乡长,你也在这里。又对烟草收购站的人员使了个眼色。说,我跟大家介绍一下,这个是我们大石桥乡的挂职唐副乡长。

烟草收购站的人员来了个180度转弯说,唐副乡长好!

乡长说,这几个的烟,就按唐副乡长的要求收。

一过磅,一个本地的农户说,怎么缺斤少两的。我在家里可是称过了的。少了十多斤。另外的农户也说,确实对不上重量。

唐子平说,我看看。过去调了调称。让农户重新过磅,果然称的重量对了。

乡长没好气地说,唐副乡长我们去喝酒。这里交给他们看,走走,我肚子早就唱空城计了。

烟草收购站的食堂里,八菜一汤,有狗肉、白斩鸡、扣肉、酸甜排骨……飘来香喷喷的味道。烟草收购站站长和乡长热情地过来敬酒,可是不知道为什么,唐副乡长如鲠在喉,一点口味都没有了。

(本文2015年发表在广西《大南方小小说》8期。)

高总还乡

【导读】一个人,有家难归。高总还乡充满了心酸。回家的路,好长好长。拨云见日的时候,高总还乡回报桑梓,他的赤子之心,家乡人人都感动得热泪盈眶。

高总正在办公室处理公司事务。办公室主任小邹笃笃地敲门。他屁颠屁颠地进来后,高兴的告诉高总,他的老乡,一个叫高庭保,另外一个叫高庭护的人来找他。

高总挥了挥手说:不见。

小邹说,可是他们强烈要求见你。高总说,不是我不近人情。实在是当年故乡的人对他太那个了。然后,高总对小邹讲了过去和故乡的瓜葛。

时光又倒流到1957年,高总的父亲当时是福莲高中的校长,却被打成可耻的右派。在高总的心目中父亲是一个爱岗敬业,身正为范的老师,怎么会是右派呢?

父亲面临的是隔三差五的批斗。那个时候的高总,厄运接踵而至。先是母亲离家出走,后是父亲不堪受辱,偷偷的用一根绳子上吊自杀了。高总当时学习很好,在这种情况下,升学和工作机遇的一切,都与他擦肩而过。他一步步掉入生活的最底层。

高总不声不响的背着简简单单的行囊,到一个离开家乡很远的立新农场进行劳动改造。乌云笼罩着青年的高总。他当过犁田工,挑过12个工分一个粪坑的粪,割过茅草等农活。萝卜红薯养着这个苦难的孩子,那年那月,书和唢呐成为支撑他度过艰难岁月的法宝。生命有时细如琴弦,有时韧如蒲草。熬啊,熬啊。他一直熬到1964年,高总的父亲才摘掉右派的帽子。但这一切,对高总来说,太晚了。

故乡的天空在高总的眼睛里终于变成是瓦蓝瓦蓝的了,故乡的云在高总的眼睛里终于变成像棉花一样白的了。

经过了艰苦磨难的高总咬紧牙关,摸爬滚打,终于成为一家大型企业的总经理。

现在高庭保和高庭护却像两头牛一般要闯了进来。门卫慌慌张张的拦住他们,大声说,狗胆包天,竟敢闯高总的办公室。

高庭保说,好你个高伢子,当上总经理,连家乡和你一起长大的伙伴来了也不理了。高庭护从手里拿出了唢呐,吹起了家乡的古词牌《蝶断桥》。唢呐声音时如高山流水,时如燕子呢喃,时如银瓶裂响。高总心头一热。这曲子是自己百无聊赖时在立新农场进行劳动改造时学会的。高伢子,这个小名已经三十多年没有人叫了。

他从沉思中收回目光。对秘书说,让他们进来。

高庭护对高庭保做了个鬼脸,鱼贯而入。

看着和自己一起读书一起掏鸟蛋的小伙伴,高总说,铁蛋铁头,我想死你们了。

高总在豪华的宾馆里招待了老乡。山珍海味,让铁头铁蛋大开了眼界。

看着他们狼吞虎咽的样子,高总笑呵呵地说,慢慢吃。你们两来了,就别回去了。跟着我吃香的喝辣的。

高庭保和高庭护,停下手中的筷子,半响才说,我们今天来,

就是想请你回去看看。

高总说，我们那个旱山沟，三天不下雨，干妈拐饿水。小时候，就有斗米岗，大地方，小米饭放南瓜汤的童谣。这些年，你们过得还好吧。

高庭保说，家乡父老面朝黄土，背朝天，起早贪黑，还是在温饱线上挣扎。

高总流下了泪水。高庭保说，家乡人民知道对不起你呀！

高总说，不，这不怪家乡人，是历史造成的，就让他过去吧。树高千尺不忘根哩。我能有今天，就是斗米岗的山水养育的结果。这些年我一直在想，我能不能为回报家乡做点什么。

我一定要回去看看。高总喃喃自语。

一个白云悠悠，艳阳高照的上午，高总回到了阔别三十多年的斗米岗。那一天，家乡的父老乡亲吹着《一枝花》和《蝶断桥》《水落音》这三个古词牌唢呐曲，跳着芦笙长鼓舞，鸣着鸟枪，舞龙耍狮子，欢迎这个衣锦还乡的高伢子。人们扶老携幼列队鼓掌。高总看见许多熟悉的面容，听到久违了的乡音，激动得热泪盈眶。高总在长桌酒上和父老乡亲喝同心酒，在篝火晚会上唱家乡的山歌，在老槐树下拉着儿时的伙伴促膝长谈。

又一个白云悠悠，艳阳高照的上午，高总在斗米岗的大理石花岗岩生产基地奠基典礼上发表了热情洋溢的讲话：各位父老乡亲，斗米岗是生我养我的热土，月是故乡明，人是故乡亲。风云变幻，沧海桑田，改变不了我的赤子之心。

第三辑

柳暗花明人潮涌

人潮人海之中，突如其来的事情数不胜数，你意料之中的结局却难以如期而至。本辑小小说，人性的温暖与宽容，感情的任性与胆大妄为，患得与患失，阴暗与光明，坚强与懦弱……都在柳暗花明人潮涌中。

古道热肠

【导读】同样是一个轮胎掉了,结果是不同的。小豆子用手摸了摸头发说:"今天让我大跌眼镜。同样是掉了一个大车轮,两种不同的结果,太意外了。"我对小豆子说:"你要记住,刚才那个大叔说的潇贺古道,据说这是秦始皇自开凿灵渠,沟通湘水与漓江水路之后,又开辟的一条沟通潇水与贺州进而珠江的中原进入岭南的新道。湖南道州至贺州这条古道属于古道中的第四条"。路不拾遗,夜不闭门,是潇贺古道的一道靓丽风景。

那天,我驾驶着一辆有十二个轮子的霸龙重卡,到广贺市平桂管理区去拉一车"贺州白"大理石。这里是华南地区最大的大理石矿产基地,远景储量达 26 亿立方米以上。

我是从桂林来的。一起来的还有小豆子。我们装好货物后,马上就开车回桂林。我们一边走,一边快乐地听歌曲:五十岁的老司机我笑扬啊,拉起那个手风琴咱们唠唠家常,想起当年我十八岁就学了开汽车啊……

当我的车子驰过了大金山加油站后,我从后视镜里发现有一个中年人正在火急火燎的冲过来。我想了想,对旁边的小豆子说:"你看看,这家伙说不定是来撞车子的。我听说有一些人专门利用撞车子的手段敲诈外地车主的。"小豆子看了看后说:"格郭,人家要碰瓷,开快点,甩掉他。"我一踩油门,道路两边的树木,山川,房子很快的甩掉了。这样开了二三里。不料那中年人也跟上来了,还不时的大声喊:"停车——快停车。"

副驾驶上的小豆子吐了吐舌头说:"格郭,把车子停下来,看看这个中年人葫芦里卖的是什么药。"我把车子靠路边停下来。那个中年人停好摩托车,气喘吁吁的对我们说:"司机,总算让我追上你们了。"我不解的问:"大叔有什么事情,让你追我的车子这么急?"中年人没好气的说:""司机,你的车轮掉了一个,你不知道吗?"我连忙查看了车子。果然,车子的右边由于螺丝松动掉了一个车轮,因为并排有两个车轮,我开车行走不是很明显,所以我感觉不到掉了一个车轮,没有发现这件事情。我着急的对中年人说:"你看见了我掉的这个车轮吗?"中年人点了点头说:"看见了。你的车轮在大金山加油站附近掉的。当时可危险了。幸亏没有滚伤人。我这么急着追赶你们,就是为了把这事情告诉你们。"小豆子说:"可是我们现在回去,车轮早就被人家捡走了呀。"中年人胸有成竹的说:"我已经叫我弟弟帮你们捡到那个车轮了。"我说:"那感情好。有劳大叔了。"

我把车子掉头,为了那个掉的车轮只好把车往回开。在路上小豆子神秘的对我说:"格郭,这下子,麻烦了。去年,我去MM市去拉肥料,也是掉了一个大车轮,被一个汉子捡走。他向我索要800块钱,你说气不气人。我对那汉子说,你这是非法侵占。可是那汉子却不依不饶还理直气壮地说,他不偷不抢,要点辛苦费,合情合理。谁不知道这么大个车轮少说也值壹仟多块。后来,我无奈之下打了110,巡警走过来调解。那汉子却很固执。巡警私下里对我说,这汉子不识好歹,你一个外地司机,给他500块钱算了。否则他一个电话把村里人叫来,你这车子可就走不了了。我无可奈何地给了那汉子500块钱,才把掉的车轮要回来。"

我说："看来,我今天也少不了要出血了。"在大金山加油站附近,果然看见一个青年人正守在一个大车轮旁边,焦急的等待着失主。小豆子打趣的对我说："看看,像守着一个金元宝一样。"

我下了车子,从口袋里掏出来800块钱,交给中年人说："大叔,今天要不是你们,我就失去了一个大车轮。这点点钱,算是给你们两兄弟的辛苦费,不成敬意,请收下。"中年人愣着好一会儿才说："不用谢!不用谢!出门在外,谁就没有难处哩,谁就没有用得着别人帮忙的地方。急他人之所急,想他人之所想,这些是事情是我们两兄弟应该做的,应该做的。"青年人也站起来说："就是,就是。举手之劳,我们捡车轮不是为了钱。找到失主,我们就高兴了。"我说："拿着吧,这是酬金。"中年人摇了摇手说："不,我们不能要你的报酬。对了,我们还要去八步办事情,先走一步了。欢迎你们再次光临贺州"说着,两兄弟坐上了摩托车,转眼间消失在熙熙攘攘的车流中。

小豆子用手摸了摸头发说："今天让我眼镜大跌。同样是掉了一个大车轮,两种不同的结果,太意外了。"我对小豆子说："你要记住,刚才那个大叔说的潇贺古道,据说这是秦始皇自开凿灵渠,沟通湘水与漓江水路之后,又开辟的一条沟通潇水与贺州进而珠江的中原进入岭南的新道。湖南道州至贺州这条古道属于古道中的第四条"。

小豆子恍然大悟说："怪不得,我说,格郭你小子这么走狗屎远。原来你小子是沾了潇贺古道的光了。"我若有所思的说："真的是古道热肠啊!"

(本文发表在广西《平桂文艺》2014年第一期)

小乐老师

【导读】刚刚接手这个班的工作,科任老师对班主任小乐说,"这是个青春期的烂摊子。学生大都是农民工的子女,家长忙于挣钱,跟孩子缺少沟通,班上纪律松散,班风不正。"小乐老师新官上任三把火,把学生管理得服服帖帖。小乐老师认为自己成功的窍门是:教育学生,要善良,宽容,敬业,精业,慈爱,肯定学生的缺点和潜能。好学生是夸出来的,一个艺术型的班主任才是学校、家长、学生、老师欢迎的班主任。

小乐从一个乡下中学调到了县城的一所中学教书。他教的是八年级二班的英语课。他还是该班的班主任。

刚刚接手这个班的工作,科任老师对班主任小乐说,"这是个青春期的烂摊子。学生大都是农民工的子女,家长忙于挣钱,跟孩子缺少沟通,班上纪律松散,班风不正。"果然小乐一到二班就遇到了一个小插曲。

第二节是小乐的英语课,他正讲得绘声绘色,没想到,又一个捣蛋鬼龙玉拿出一把口琴吹,小乐走下去,把口琴一把拿过来。小乐说,"我本不才,既然你来了段雅乐,老师也借口琴献佛了。说着吹了一曲《童年》,口琴声音高亢悠扬,教室里顿时安静了下来。"

小乐深深地向学生鞠了一躬说,"同学们,希望大家像歌曲中说的一样,上课就要专心听讲,不要烦恼老师在黑板上唧唧喳喳写个不停,要珍惜时间,奋发图强。不要等到考试的时候才知道功

课只做了一点点。"捣蛋鬼龙玉首先被小乐的口琴技艺所折服,早就面红耳赤。小乐老师还说:"每个人都有犯错误的时候,只要肯改,就会是一个好人。"

这天晚上,年轻的小乐想,自己刚刚从乡下调到县城,如果不把这个烂摊子搞好,怎么对得起学生和家长。他翻来覆去睡不着。赶忙爬起来查找原因,对症下药。第二天,小乐选择人际关系好,组织能力强的人当小组长。然后,借口推说自己很忙,放手让小组长配备组员。班长说:"班主任,你早该这样了,以前,老师把权力抓得紧紧的,我们当学生的又不敢说老师。"

在班长的组织下,小组长们采取综合考虑因素,如性别,成绩,个性,能力等等,然后公平公正地分配。随后,小乐老师又马不停蹄地考虑合作学习,共同提高的问题。着手组建学习对子。这样一来,每个学生都有了归属感,极大地规范了班级的班风和学风。同时也能极大地调动了学生学习的积极性。

第四周后,二班的脏乱差现象大大减少,月考成绩和一班差距不大了。石校长在全校师生大会上表扬了二班。

二班的科任老师惊喜地发现,现在的二班人人有事情做,事事有人管。原来,小乐把班务细化了。每天让班干部列出事务单,人人对应。二班的张三疯是一个典型的捣蛋鬼。自从小乐老师来后,他当上了三组的小组长,这个捣蛋鬼终于见贤思齐,摒弃陋习了。他饶有兴趣地参加帮扶互助,共同成长的班级兴趣活动,体育场上他和组员挥洒汗水;生活技能上比拼才艺;手工制作上一显身手,表演节目上一展歌喉。班主任小乐问他,你这个捣蛋鬼怎么改变过来了。张三疯说,我这个组一共八个人,班长把我一个男生放在七个女生里,七个母老虎面前,我这个捣蛋鬼就乖乖地变成小绵羊了。同学们呵呵呵地笑了。

这个学期,从第六周起二班的文明班级,文明宿舍评比都进步很大。特别是期末考试各科成绩虽然和一班比,还有一定差距,但是呈现良好的发展势头。在期末表彰大会上,小乐老师红着脸说,管理好二班你问我有没有什么法宝?我可以肯定地说,有,这就是,教育学生,要善良,宽容,敬业,精业,慈爱,肯定学生的缺点和潜能。好学生是夸出来的,一个艺术型的班主任才是学校、家长、学生、老师欢迎的班主任。全校师生报以热烈的掌声。

(本文发表在广西《贺州日报》2015 年 10 月 21 日.)

粉　丝

【导读】原本看似忠实的粉丝,原来是另有隐情。微小说叙述老道,在螺丝般的篇幅里,写出了大的道义。

小微发现台下的三个小观众已有半月。在大瑶山表演时,无论到哪,他们逢场必到。

台长说,这山旮旯里,难得有忠实的粉丝。

小微说,也许是他们对魔术,好奇!

小微这天表演时就特别留心这三个粉丝。

小微头戴顶黑礼帽,红红的假大鼻子,庄重的晚礼服,滑稽地柱着文明棍登场,刚才还东张西望的三个小观众,顿时鸦雀无声。

小微一个请的动作,表演开始。三个小孩盯着台上,助手把箱子亮给观众看,里面是空的,然后,小微让一个人装进箱子,助手盖上红绸,转动箱子几圈,说声,走。三个小孩伸长了脖子很焦急。助手打开后,箱里的人不见了。一小毛孩用手挠着后脑勺:人到哪里去了。小微一挥手,助手转动几圈箱子,他对箱子吹了一口气,说回来。打开箱盖,刚才那个人又回来了。小孩拍着小手说,好!。

明天是在这九村十八寨最后一天的表演,小微他们就会离开这里。他想借这个机会问一问:大变活人为什么有那么大的吸引力?

表演一结束,小观众被请上了台。小微说,我特意向大家问一下几个金牌观众。为什么这么迷恋大变活人?

一个小毛孩说,教我们的老师不久前得绝症死了。我们想读书,现在没有一个老师愿意来这大瑶山教书。

另两个孩子哭起来拉着小微说,大哥哥,请你帮我们把老师变回来,我们老师被装进一个长长的,黑黑的箱子里了。

魔术团和观众们面面相觑。小微流着泪,对三个小粉丝说,哥答应你们,一定变回你们的老师。三个小孩破涕为笑。

小微留在了大瑶山,成为他小粉丝的终身老师。

(本文入选团结出版社《中国微篇小说2015年佳作》,发表在《微篇小说》2016年第1期。)

恩　人

【导读】滴水之恩,涌泉相报。是中华民族的优良传统。杀猪佬冯大槐一次遭遇泥石流。石匠普喜箭一样向吓得缩作一团的少年跑去。少年瑟瑟发抖,被一双大手一推,孩子,快往右边跑。说时迟那时快,少年借普喜的力气一躲,站起来就跑。石匠普喜却被滚滚而来的泥石流吞没了。普喜自然就是冯大槐的恩人。他让妻子把自己的奖金和自己这些年杀猪的积蓄都拿了出来,连同从翠嫂手里接过来的钱,一起捐给了社区居委会。让镇里建设敬老院。冯大槐自己也成为了老人们的恩人。

冯大槐是福莲镇上的一个杀猪佬。

冯大槐每天杀猪,都要留半斤猪肉,送给翠嫂。

翠嫂年轻的时候很漂亮,嫁给了石匠普喜。普喜每天都背着锤子和凿子到山坳里凿石碑。叮当叮当,像一首动听的歌。凿子把凹凸的地方打磨得平平整整。石头粉尘四处随风飘荡,普喜就蓬头垢面的了。一块块方方正正的石碑就在他的手里诞生了。

有一年,连日淫雨霏霏,大雨过后,天刚放晴,石匠普喜拿了工具,准备去凿石碑。在他工作的山坡上,一个少年背着书包正在忘情的嬉戏。普喜听到了山崩地裂的巨响!不好,山体滑坡了。石匠普喜箭一样向吓得缩作一团的少年跑去。少年瑟瑟发抖,被一双大手一推,孩子,快往右边跑。说时迟那时快,少年借普喜的力气一躲，站起来就跑。石匠普喜却被滚滚而来的泥石流吞没了。山又回归了平静。只剩下翠嫂撕心裂肺的哭声。

得救的少年就叫冯大槐。从此，就认翠嫂为干娘。每天都去看她。冯大槐长大以后，每天杀猪，都要留半斤猪肉，送给翠嫂。

翠嫂看见冯大槐又来送猪肉说：大槐啊，天天给我送猪肉，你早就还清了普喜的恩了。来，屋里坐坐。冯大槐放下猪肉，然后打开米缸看看里面还有多少米。干娘，你过几天又要买米了。又看看翠嫂的厨房里有没有干柴。然后说，这些是你老这个月的伙食费。

大槐这孩子。我现在还能够自食其力。这些钱你留着养家糊口吧！翠嫂正说着，大槐已经走出门老远了。

日子如白驹过缝。如今福莲镇上的人去了一茬又一茬。而翠嫂已经鹤发童颜，大槐依然每天嘘寒问暖。大槐的妻子梅花也天天用梳子梳着她沟沟壑壑的脸后，稀稀疏疏的白发。

老喽！你们看看我的肋骨都露出来了。翠嫂张着扁扁的嘴对梅花说。

这一年，上级有关部门，派了人下来调查。才知道翠嫂已经是一个一百零二岁的老寿星了。上级有关部门奖励了一笔可观的钱给翠嫂和冯大槐。说这些是对本镇物质文明和精神文明建设楷模的奖励。

翠嫂把这些年大槐给的钱和今天得的奖金奖给冯大槐。我这把老骨头这些年多亏了大槐哩。不然，我早就死了。

冯大槐从翠嫂的手里接了过来。他让妻子把自己的奖金和自己这些年杀猪的积蓄都拿了出来，连同从翠嫂手里接过来的钱，一起捐给了社区居委会。让镇里建设敬老院。让更加多的老人老有所养，老有所乐！

敬老院建设得很气派。翠嫂左看看右瞧瞧，满意的点点头。想得很周到哩！

镇长说，老嫂子，这些老人都托你这个老寿星的福哩！

瞎说，是托我干儿子冯大槐的福。

镇长和书记让翠嫂给敬老院揭牌。翠嫂说，来大槐，我们娘俩一起揭。

红红的绸布从上面徐徐地降落下来，普喜敬老院几个鎏金大字引人注目。噼里啪啦的鞭炮声响起来，给大地铺上了红红的地毯。

翠嫂热泪盈眶说，大槐，难得你们还记得石匠普喜！

（本文发表在广西《贺州日报》2016年2月24日。）

董老师的秘密

【导读】每个人都有自己的秘密。董老师也有自己的秘密。后来，董老师的秘密被大家知道了。包工头说，我们要向董老师学习，扶危济困。这个结尾让董老师的高大形象立在了我们的面前。

我们乡的初中董老师，一到放假，就到处找工干。

他来到一个工地，找到包工头，要求进来打临时工。包工头上下打量他说，董老师放假了，搞个家教培训几好！

董老师说，上面不给搞有偿家教。

包工头说，那你就去旅游！

董老师说,我没钱,有钱我还来。

包工头说,现在你们老师的待遇已经不错了。你要那么多钱干什么!知足常乐!回去吧。

董老师说,不是说要招工吗?我就问你一句,我这个工人,你到底收不收?

包工头说,我收还不成吗?

从此,人们常见董老师头戴安全帽,戴着手套,开搅拌机。开始时,他对机器不熟,常出错。为此,他挨了不少骂!你这个老师,这么笨,连搅拌机都开不好。董老师对此一笑说,马上改!后来,他终于进料出料都得心应手了。

一天晚上,董老师跑去找包工头,要求他把晚上守工地材料的活也给他干。

包工头说,你白天没苦够,还是嫌钱少?好好休息吧!

董老师说,不辛苦,我吃得消。这样能多挣点。

包工头说,你是上数学的吧!这么会算?

董老师说,是。钱哪个不想。

白天的活忙完了,董老师睡在材料场的铺盖卷上。蚊子咬,风吹雨打的,挺辛苦。但他很开心,毕竟可拿双份的钱。

领了钱,工人们喝酒购物洗头按摩统统走了。董老师却进了邮政局,把钱寄给了几个贫困大学生。

后来,董老师的秘密被大家知道了。包工头说,我们要向董老师学习,扶危济困。

工人们说,董老师,下次放假,欢迎你还来。

董老师说,我一定来。

(本文发表在广西《贺州日报》2015年9月14日。)

村　史

【导读】南瓜村的村民甲认为,这个老李有来头,说不定是从清朝末代皇帝那里逃出来的太监。如果那样的话,我们的村史就更加丰富,一出名,人家就会蜂涌而至,何愁我们村的农家乐旅游没人来。可是,老李的回答却让你啼笑皆非。

老宋是南瓜村的村史编写员。他们村有个孤寡老人,名字叫老李,说话像个鸭子,是解放前从北方逃难到南瓜村的。他从不把自己的身世告诉任何人。

南瓜村的村民甲说,老宋,我们感觉这个老李有来头,说不定是从清朝末代皇帝那里逃出来的太监。如果那样的话,我们的村史就更加丰富,一出名,人家就会蜂涌而至,何愁我们村的农家乐旅游没人来。

南瓜村的村民乙说,就是。如果这个老李是个太监,说不定还从宫里带来了珍珠和夜明珠等等的宝贝。到时候,我们村就搞一个农家博物馆。来我们这里玩的人会更加火爆。到时候,老宋你这个村史编写员就功不可没啊。

老宋被说得心里痒痒的。他又去老李这个怪老头家打听。

这一次,老李没有冷冰冰的让老宋走。而是热情的招呼他坐。

老李说,我不是你们期望的从清朝末代皇帝那里逃出来的

太监。虽然我说话像个鸭子。我也没有宝贝留给村民。我对不起大家多年来对我的照顾。

老宋拿出笔认真地记。

老李接着说,知道我为什么从北方逃难来吗?老宋摇摇头。老李接着说,知道我为什么是鸭子嗓吗?老宋又摇摇头。

老李说,我在北方时的1939年七月,被日本侵略者抓住。日本侵略者惨绝人寰地铡走了我的卵子,我就成现在这个太监样了。老李说到这里,已经泣不成声。老李还说,我把这个命根子交给你,这是我杀了四个侵略者后,从侵略者手下夺回来的我的卵子标本,我希望我死后,有朝一日和它一起回归故土。现在我明白了,我要把它留下来,让子子孙孙从这些罪证中,勿忘国耻,不要忘记历史。

老李上了村史。南瓜村的农家乐旅游火爆了起来。人们说,这些多多少少和老李有关。

(本文发表在《老子文学》2015年第3期。《微篇小说》2015年第6期。《梅川文艺》2015年第4期。入选团结出版社《中国微篇小说2015年佳作》一书。)

备 胎

【导读】备胎就是备不时之需的。不轻易去拆下来用。备胎,备胎,备用之胎。不要轻易去动用。实际上,通过一个小小的备胎,折射出官场的潜规则。

车子去下乡,在前不着村,后不着店的地方抛锚了。司机小周一看,是后左轮不知被什么东西扎了胎,轮胎瘪了。小周对乡长说,等一下,我拿工具用备胎换上就成。

乡长说,我看,还是打电话叫修车的师傅来吧。

小周说,这是小问题,我应付得了。

乡长说,备胎就是备不时之需的。不要轻易去拆下来用。乡长说,我外甥开了个修车铺,让他过来就成。

半小时后,乡长外甥赶到,现场把车子补好,收了补胎费20元,外出服务费100元。

车子在去市里办事情的半路,抛锚在国道307上,前右轮轮胎瘪了。司机小周把车挪到旁边,准备拿工具用备胎换上。

乡书记说,备胎,备胎,备用之胎。不要轻易去动用。让乡长外甥过来就成。

一个半小时后,乡长外甥赶到,现场把车子补好,收了补胎费20元,外出服务费300元。

车子去省城办事情,后右轮被扎了胎,司机小周迅速拿起手机打电话回来,喂,乡长外甥吗?我们在去省城327公里处扎了胎,轮胎瘪了。麻烦你过来服务一下。

乡人大主席拍了拍司机小周的肩膀说,你个机灵鬼!走,我们到旁边的服务站先吃点东西等乡长外甥来。

在司机小周的记忆里,车子的备胎从来都没有用过。

(本文发表在《国际日报》2015年月日,入选团结出版社《中国微篇小说2015年佳作》一书。)

杨阳的创业史

【导读】对于新生事物,人们不会很快就接受。开网店,人们开始的时候也不接受。杨阳要吃这个螃蟹,要在网店上创业,其艰辛可想而知。事在人为,天道酬勤。杨阳的成功,和他的执着分不开。

杨阳杵着拐杖,蜗牛般走进了一家真龙家具店。

家具店的蒋老板知道,这个叫"杨癫疯"的年轻人又来了。

杨阳站着,蒋老板上次和你谈的帮你开网店的事,你考虑好了吗?

蒋老板对这个一级肢体病残的杨阳太熟悉了,他在一次车祸中成了一个不能坐,不能弯腰,只能站着或躺的人。

蒋老板没好气地说,我就这个命,只能够在鸡栅旁边找吃,你去别人那里看看,人家愿意办吗?

杨阳听出来人家要撵他出去哩。他知趣地走了出来。杵着拐杖,笃笃笃去了一家叫"好又来"的土特产店。

土特产店的老板叫子晨。他看见"杨癫疯"幽灵般的进来,连忙说,杨阳,这是一百块钱,你拿去花吧。

杨阳把钱挡了回去,子晨你把我当要饭的了。

子晨说,没有啊!

子晨,你只要每一年在我的"到门口科技有限公司"交一千块钱年费,你的实体店就可以在网上开了。天南地北的消费者足不出户就能在家门口,买到你的东西。

杨阳,你又来骗我了。一千块,我门面的房租就够贵的了,我摘树叶来交给你啊!

杨阳觉得很渺茫。难道自己的想法错了。当年自从在一次车祸后,自己就发过誓,坚决不拖累家人和社会哩。自个养活自个。因此,杨阳买了个二手电脑,像扑在面包上一样一心扑在电脑上学习互联网。180多个日日夜夜,才学会的哦。

杨阳从东方露出鱼肚白开始,走东家串西家,直到日落西山,他的双拐光顾了福莲镇上的每一个店铺,收到的却是白眼,吃到的也只是寒心的闭门羹。

杨阳一出门,就如有记号的鱼,招来人家不可理喻的目光和毒箭般的指指点点。

杨阳最后敲开了我的门说,桂林,你和我是发小,好歹就帮我开个张。

我就一个搞苗木的农民,我能帮你什么?

只要我帮你开个网店,每天你动动鼠标,就轻轻松松赚钱。杨阳打开了话匣子。

那么好,你怎么还用一台只有电路板,没有主机外壳的电脑。

杨阳脸红了说,桂林,请你打消顾虑,我先不要你交年费,等你的网店有收益再说。

好吧,我就当你的试验田吧!

杨阳走到桂林的苗圃里,对他的苗木品种、育苗面积、价格等等问了个明白,一一记录在册。还煞有介事的拿一部200万像素的诺基亚手机,给苗木拍照。桂林反剪着双手,看着杨阳一阵鼓捣。杨阳把信息发到了阿里巴巴和淘宝网上。

几天后。杨阳打了电话给桂林,有一个黎巴嫩的客户要买他的苗木。

桂林高兴极了。夸他说,杨阳,你是当代的姜太公哦,一开业就钓到了一条大鱼。

杨阳说,别夸了,赶紧去收塑料瓶呀。

收来做什么用?

你脑袋进水了,从我们这里海运到黎巴嫩需要40多天,苗木不枯死啊!

行行!原来是套在苗木上保湿用。那要收多少个?

客户要一万四千株,自然要配套了。

我立马对杨阳刮目相看。敢情人不可貌相哦。

杨阳对第一次生意高度重视,第一炮一定要打响呢。他忙得像一个陀螺,帮桂林联系包装纸盒,为了解决海关的规定,本地泥土不能够出境,杨阳煞费苦心让桂林找人把苗木洗得干干净净,再给苗木重新购买特殊的营养土来包装。

杨阳事无巨细,从包装到护送苗木到海关,他都亲力亲为,担心出现纰漏。

当黎巴嫩的客户收到生机勃勃的苗木时,对杨阳啧啧称赞。

杨阳利用网店帮我销售了一万四千株苗木的消息不径自走,福莲镇的街头巷尾,茶余饭后都在热议。原来不愿意加入电商平台的老板踏破了杨阳的门槛。好家伙,他旗下一下子就有了280家网店。

现在的杨阳,已鸟枪换炮,花了几万元买了航拍机,安装了电子监控,对网店产品进行网络直播。他的生意可谓风生水起。

报　警

【导读】贼喊捉贼。是小小说《报警》的写作特色。记住，依靠歪门邪道，强取豪夺，到头来，只能是搬起石头砸自己的脚。

富苟一大早就来到乡派出所报警。

事情是这样的，富苟给民警递了一支烟说，我家的水泥砖厂的一台砖机昨天晚上被人家偷走了，派出所的值班民警认真的做了记录，说一台砖机至少也要万儿八千。

民警安慰他说，我们会竭尽全力，尽快破案。

富苟说，你们辛苦了。说着，就从包里拿了一条红塔山给了值班民警。

民警把红塔山推回给富苟说，分内之事，大哥你破费了。

民警同志，怎么看不起我们下里巴人。我们家的事情，要劳你们的神啰。

富苟从派出所回来，就一头钻进了大哥贵庚的家。富苟说，大哥，你放心，我已经到派出所报警了，不日就破案哩。

贵庚说，这就好，我们从小没爹没妈。好不容易都成了家。你今年刚成家，现在面临树大分枝，仔大分家的事哩，我就住这个老房子算了。新房子，就留给你和弟媳住。砖厂我们一人一半，有福同享有难同当。

阿秋——阿秋，大嫂咳嗽了几下说，好你个富苟，说得比唱

的好听。就你是老好人。要分就要分公平。我们娘几个等着喝西北风去。

贵庚说,去去去,女人家,头发长见识短,知道什么,兄弟和睦,就像拣了金子哩。

富苟瞧了瞧大嫂说,大哥,我看大嫂说得在理。我能有今天,还不全靠你们。

大嫂笑了笑说,还是老弟识大体,大嫂我没有白疼你哩。

富苟回到家里,把事情简单跟老婆邱萍说了。

邱萍说,老猴子,我看大哥说得对。就依大哥的话去分家。兄弟和和美美,比什么都强。

富苟骂骂咧咧的说,你真是一根肠子。大嫂可不是省油的灯。她的话你也相信。再说,大哥已经成家八年了,现在事业如日中天,而我们才刚刚成家。水泥砖厂应该我们办才对。我们这样才能够赶上大哥。

扯断肠子的兄弟,大家好才是真的好。

你真是鼠目寸光,同马瘦,同田荒。只要我们坚持不同意水泥砖厂共办,大哥能不让我们。你个四方木头。

邱萍没好气的说,这个水泥砖厂年利润七八万。可是,听大嫂的口气,她是不会把水泥砖厂单独分给我们掌管。

富苟眼睛转了转说,你就不会想点办法。

几天后,派出所的民警把案子破了。

民警老李和小德把贵庚、富苟找来说,我看你们唱的是哪一出戏。老实说你富苟把这台砖机藏哪里了?

富苟支支吾吾说,我……我。

我什么我,民警小德厉声说,你这是贼喊捉贼。

富苟一下子瘫坐在地上说,大哥我错了,我看大哥大嫂不同意把砖厂单独分给我们办,我就自作聪明,把把这台砖机藏起来,好让你们死了心,成全我们办。

贵庚说,你真是聪明一世糊涂一时。我看你现在年纪轻轻,还不能独当一面,所以想再带你几年。兄弟同心,家睦业旺。你真是财迷心窍。

富苟跪在贵庚面前说,大哥我错了,我以为把这台砖机藏起来,会神不知鬼不觉。没想到,躲不过人民警察的火眼金睛。

贵庚拉起富苟说,我的糊涂老弟啊,你怎么这么傻呢?民警同志,我撤案,我们自己内部解决就好。快起来。

可是,迟了!等待富苟的是法律的严惩。虽然一般情况下的行为不成立盗窃罪,但是我们会按法律办事,对富苟进行处罚。必要时还要追究他的刑事责任!记住,依靠歪门邪道,强取豪夺,到头来,只能是搬起石头砸自己的脚。

富苟后悔的瘫在地上。

曾祖父和军马

【导读】人与马和谐相处,马与人息息相通。融为一体。作者写动物的小小说很少。这篇出手不凡。曾祖父养军马千日,倾注无限爱心。每天天不亮,曾祖父就和骑兵们早早地起床,给马洗脸,检查口腔,绑护腿,每事躬亲。他一边喂马一边和马唠嗑:宝贝,开饭了(上槽了)。马儿望着这些绿油油的草,打着响鼻,吃得可欢了。曾祖父又说:不要急,管够。夏天,曾祖父想法子给军马煮绿豆汤,切西瓜解暑。冬天,曾祖父怕

马冻着,把自己的大衣和被子盖在马背上。军马懂人性。马就是在危难之时显身手救主人的。

中国的军马性格彪悍,它有超常的耐力,它的勇猛,会使我们的部队左右逢源,所向披靡。我们要把侵略者赶出中国去。离不开马啊!连长的话打开了曾祖父的心结,点亮了曾祖父的心灯。

曾祖父认为自己在部队是个弼马温委屈了,现在他对自己这匹黑不溜秋的军马倾注了许多心血。

每天天不亮,曾祖父就和骑兵们早早地起床,给马洗脸、检查口腔、绑护腿,每事躬亲。早早地到外面去割草,然后用铡刀铡碎。铡草他做到寸草三刀,做到草净、料净、饲具净。他一边喂马一边和马唠嗑:宝贝,开饭了(上槽了)。马儿望着这些绿油油的草,打着响鼻,吃得可欢了。曾祖父又说:不要急,管够。他用手提了水给马洗澡,一个大刷子"唰唰唰"上下挥舞,毛顿时通体透亮。夏天,马训练下来,气喘吁吁,浑身淋汗。曾祖父想法子给军马煮绿豆汤,切西瓜解暑。冬天,曾祖父怕马冻着,把自己的大衣和被子盖在马背上。有一次,他的大黑马病了,曾祖父急得像热锅上的蚂蚁,像个小孩一样哭得泪流满面。

兽医说,是草爬子寄生在马背表皮上后,吸食血液,导致大黑马感染了疾病。

兽医,马还有救吗?

幸亏发现得早,别怕。有救。兽医用旱烟头烫破马的皮肤,抓住了草爬子,又给马开了些药。

曾祖父狠狠地把草爬子丢到地上,用脚把它踩成肉酱。然后,精心喂药给马吃。大黑马终于转危为安。

连长每一次都对着骑兵夸奖曾祖父：你们要像沈葆一样像宝贝一样供养军马啊。

在训练场上连长教大家学习乘骑、卧倒射击、马后上鞍。让军马习惯套笼头、上嚼子、挂装具。曾祖父每一次都认真看连长做示范动作，然后模仿学习，如此三番五次，达到熟能生巧。这匹黑不溜秋的军马默契配合，曾祖父的训练得到连长的表扬。不久，连长又教大家学习马上射击、劈刀、投弹，以及越障、救护等等。曾祖父像一块海绵，努力地吸收技术要领。

几个月后，骑兵连冒着月黑风高，横刀立马，一声"驾"，旋风般消失在夜色中。军马就像闪电一样飞了过去。敌人今天晚上要对小李庄进行扫荡，骑兵连按上级命令，要在半路杀他个措手不及。连长命骑兵连埋伏好，就等敌人往口袋里钻。狡猾的敌人先是用小钢炮来一个狂轰滥炸，然后出动步兵向前冲。曾祖父小声说：连长快出手。

连长说：不急，等敌人靠近了，才出动骑兵。

当敌人蜜蜂般冲过来时，骑兵就神秘的出现在敌人面前。中国骑兵军刀上下挥舞，寒光闪闪。看，四川的傻大个大喊一声，像当年关云长温酒斩华雄，敌人身首异处；瞧，山东的庆巴子手起刀落，如当年赵子龙鹤顶龙驹，在长坂坡大战张领救阿斗一般勇猛；河南的矮脚虎似当年武松打虎一样痛打日寇……骑兵们越战越勇，军马和骑兵密切配合。敌人正在拉枪栓时，曾祖父用削铁如泥的马刀，一刀下去，敌人就成了无头鬼。曾祖父一下子砍死了八个敌人，暗暗叫好。日本侵略者很快士气低落，像一座泥房子，顷刻间，土崩瓦解。曾祖父小声说：连长真痛快。正在洋洋得意时，曾祖父中弹扑倒下来，曾祖父被摔出去老远。四个日本侵略者凶神恶煞的端枪冲过来，要刺杀他。

南岭的诱惑

曾祖父怒目圆睁,大声说:,来吧,爷爷够本了。就在这千钧一发之际,大黑马意识到马背上缺少了曾祖父,颈上的鬃毛怒发冲冠般,还惴惴不安地咴咴仰天长啸,好像在说:沈葆,沈葆,你在那里?一边左顾右盼,终于发现了曾祖父。冲过去把敌人冲了个四脚朝天,这个时候,曾祖父已经受了伤,他抱着大黑马的蹄子,用嘴巴亲了一口,然后拍了拍它的前腿,大黑马明白了主人的处境,眼睛里有泪水流出来。然后马卧倒在地,曾祖父忍着疼痛,慢慢地挪动身体,吃力的爬上了马。

曾祖父事后对连长说:这个无言的战友救了我。

(本文发表在《作家文苑》2016年第8期,转载在《贺州日报》2016年9月2日。)

扶贫记

【导读】精准扶贫是党中央的一项重大举措。村主任老刘见谭主任说是找刘阿斗扶贫,他头摇得像拨浪鼓,前几次扶贫,都是给米、给钱、给衣服的,都扶他不起。好在谭主任没有放弃。想方设法,千方百计。谭主任带刘阿斗到信用社还清了三万块贷款。还净挣了十多万。刘阿斗嘴巴笑得像裂开的石榴。刘阿斗脱贫啦!村主任老刘说,这次扶贫真神了!老大难的问题也解决啦!谭主任用心良苦的做法,让你耳目一新。

村主任老刘扎着头巾,嘴里叼着喇叭筒,见谭主任说是找刘阿斗扶贫,他头摇得像拨浪鼓,前几次扶贫,都是给米、给钱、给衣服的,都扶他不起。

谭主任说,这次我另有办法。

这是个茅草房的农家小院,两个小孩正在小院里灰头土脸的玩泥巴。村主任老刘破着嗓子喊:刘阿斗——刘阿斗。两个小孩倒是不怕陌生人说,我爸去狗剩家赌钱去了。

老刘没好气的说,这个刘阿斗怎么不顾家,怪不得老婆跟一个广东老板跑了。

狗剩家烟雾缭绕,昏暗的灯光下里三层外三层的站着一帮人。这个说"公九",那个说"三公",还有的说"霉十"。原来,刘阿斗正在这里和一帮人用牌开三公赌钱。

老刘怒发冲冠说:像什么样子,敢聚众赌博,九赌十败。赶快回家抓生产。不然,老子可要报警了。

大伙儿说,村主任,我们再也不敢了。

老刘叫住刘阿斗说:看看你个穷样,还好意思来赌钱。

刘阿斗说,我想翻本儿。

老刘说,我看你真是不可救药了。然后手指着谭主任说,这是县扶贫办谭主任,从县城大老远来和你一对一结成扶贫对子。

刘阿斗一听说扶贫办的领导下来帮他脱贫致富,这下子他唯唯诺诺起来。

谭主任说,你家有多少地?

零零星星的十多亩。

老刘,你想办法帮他调整,连成一片。

刘阿斗说,不是要扶贫吗,调整啥土地呢?

谭主任说,你家的土地调整好啦,县里就给三万块钱。

谭主任走后。刘阿斗和村主任一起走东家,窜西家。肥的地换贫瘠的地还好说,瘦的地换人家的肥地,只能够大面积换小一

些面积的地啦,好在活人总不能被尿憋死,老刘磨破了嘴皮子,终于把刘阿斗的地东一块,西一块的地弄在了一起。

刘阿斗看见谭主任说,我的地换好啦,三万块钱呢?

哦,这是信用社主任,你在这上面签名,这三万块钱就是你的啦。你的地有十来亩,每亩按四米乘以四米挖树坑,每个坑要十块钱,你看是请人挖,还是自己挖。

刘阿斗说,你可不要骗我。

谭主任亮了亮手里的存折。

谭主任,我自己挖。

刘阿斗迎着寒冷的风,他吃力的用一担箩筐,一边挑着孩子,一边挑着树苗。上午,他在山坡上挥舞着锄头挖树坑,干得热火朝天。累了就地坐着,抽一根旱烟。然后,用嘴巴往手心吐了口口水,又挥舞着锄头干了起来。中午,刘阿斗把两碗粥倒进肚子,又争分夺秒的挖坑。

谭主任第三次来到刘阿斗家,对刘阿斗说,你一共挖了八百五十七个坑,你节约的人工钱是八千五百一十七块。这次我帮你争取到了政府补贴的脐橙苗,让你种下。我用你存折上的钱帮你买基肥,建设水池、拉水管,买高压喷雾器,你看行不行。

行行行。

只要你认真管理,四年就能挂果,让你走上脱贫致富的道路。

脐橙苗到了,谭主任帮刘阿斗扶着树苗,刘阿斗拉了许多农家肥去,放好基肥,用铲子铲了泥巴,倒向树坑,在上面踩实。他们的脊背在冬风中流着汗水。刘阿斗拿着水瓢给树浇定根水。谭主任仿佛望见一排排树苗整整齐齐的在冬天的残阳中咕咚咕咚地喝水,它们迎风招展,偷偷的乐了。接下来,谭主任用手提电脑播放了科教片《脐橙种植技术和发展前景》。刘阿斗耐心地看了。

四年后,刘阿斗的脐橙首次挂果,一个个脐橙压弯了枝头,产量达两万五千七百一十斤,收入四万六千二百七十八元。谭主任又手把手教他管理。第五年,刘阿斗的脐橙产量达六万八千五百六十斤,每斤销售价是两块一,收入一十四万三千九百七十六元。

谭主任带刘阿斗到信用社还清了三万块贷款。还净挣了十多万。刘阿斗嘴巴笑得像裂开的石榴。

刘阿斗脱贫啦!村主任老刘说,这次扶贫真神了!老大难的问题也解决啦!

行　规

【导读】国有国法,家有家规。三百六十行,行行出行规。孔亮局长的内心隐秘,呈现出一个复杂的规则世界。

孔亮局长打开信封,几扎红彤彤的百元大钞映入眼帘。他用打火机点燃了大中华,白色的烟雾从口和鼻子中挥散开去。他知道,这钱是承包建设新办公大楼的贾经理送的。

孔亮局长不禁心惊肉跳,左右看了看,还好,没有人看见。他寻思着,自己的孩子就快要结婚,小两口想买一套房子,添置家具,购买车子。总之花钱的地方多着呢。孔亮局长正愁没有地方找钱,现在却有人送钱给自己,真是想瞌睡,人家就送了枕头来,

求之不得。烟屁股差一点烧着他的手的时候,孔亮才把钱包好,放进了自己的公文包。转而,孔亮局长发现后面好像有个人指指点点。自己嘟噜了一句,谁?等他转身回来,没有人的踪影。是不是我看眼睛花了。他努力地搜索记忆,到底是谁呢?

孔亮想起自己少年时,为了报考学校,却因为自己有乙肝,只好找医院的医生帮忙,孔亮就悄悄地给了医生一个红包,央求把自己的体检报告改成合格。医生说,这个万万使不得,我们医院有规定。医生想了想说,年轻人,我开一些药给你,你回去调理好身体,再来体检吧!孔亮照办了,两周后,他回医院体检,乙肝好了,体检合格了。于是考上了大学。事后,孔亮对医生发誓说,医生谢谢你,我一定要记住行规,不违反行规。医生说,年轻人懂行规,你会走好人生的每一步。

后来,孔亮当上局长了,他念念不忘医生说的话。

孔亮局长思前想后,烟抽了一支又一支。烟灰缸里丢了十多个烟头。

第二天,孔亮局长拿着厚厚的信封,走进了纪委的大门!

邻 居

【导读】《邻居》:以"我"之口叙写邻居林子贵从爱石到发"石财"乃至做大做强的故事,娓娓道来,不但可信,更增行文的洒脱。

我的邻居叫林子贵,是一个矮墩墩的汉子,他聪明绝顶的头,国字型脸上有一个疤。这个疤是小时候不小心碰到石头留下的印记。小时候,他酷爱石头,用石头打水漂,一个石头打下去,一溜都是水漂;用石头打鸟贼准,能一石三鸟;什么用石头玩棋啦,用石头抛子啦……他都玩得如痴如醉。

读书的时候,每天上学下学,他喜欢静静地看林老伯"叮叮当当"地凿石碑。父亲取笑他说,要好好读书,别歪门邪道地想着这些鬼石头。你看看我们村头的上马石,那是以前我们的祖先当了大官立的,那才叫出息。父亲看他左摸摸石碑,右摸摸石狮,爱不释手的样子。说,你该不是只有当石匠的理想吧。

林子贵说,我们这里漫山遍野都是石头,我要点石成金。

父亲说,你异想天开。林老伯停下手里的活说,这娃有胆识,要得。

光阴似箭日月如梭,现在林子贵高中毕业后,成家立业了,依然对石头情有独钟。

昨天,我们村刚刚实行联产承包责任制,这本来是个大好事情,可是不少村民老觉得不踏实。为啥,我们这里石山多,田地少,大部分人家都分到了石头山岭,觉得自己吃亏了。

可是我的邻居林子贵却不这样认为,他说,我们山里人靠山吃山,挺好的。林老伯就是榜样。

他老婆说,我看你是不是脑袋进水了。分到好田地,多打稻谷,多收玉米花生,那才叫好。老婆还说,你这么爱石头,看你去吃石头得了。

父亲说,该不是要像林老伯一样干石匠吧。当石匠有什么好,林老伯到死也没有为自己凿一块碑。大家伙哄堂大笑。

说者无意,听者有心。邻居林子贵想了几宿,竟然要把自己分到的田地和人家换那不想要的石头山岭。害得他老婆在我面

前又是哭,又是闹的:你这个死鬼,我不和你过了,这漫山遍野的石头,不能啃也不能吃,你存心想饿死我们娘几个呀。

可是,林子贵确是吃了秤砣,铁了心。娘家人来数落他,说你这个傻蛋,这石头山岭是发财致富的绊脚石哩,赶快终止和人家换的想法。但是林子贵是九头牛也拉他不回,亲朋好友拿他也无济于事。

大家伙都笑他是四方木。林本贵也不和人家理论,他说,天生石材必有用。我就是要靠山吃山靠水吃水。

最开始,林子贵到派出所备案后,开了个石场,这多少,出乎大家伙的意料之外。邻居林子贵每天抡大铁锤,开采石头,放石炮,还请匠人林老伯的儿子小林帮人家凿石碑。这样七八年下来,挣了几个钱。

不料这一年秋天,放石炮把荣苟的左手炸断了,赔了一大笔钱。这段日子老婆在他面前要死要活的,是邻居林子贵最揪心的时候。我常常看见他一个人默默地抽烟,一支接着一支。我说,林子贵别抽了好不好。邻居没有理我,继续他的抽烟。

后来,在1992年吧,林子贵在一次开采石头时,发现了大理石头。于是,他兴奋得一晚上没有睡觉。第二天,他带上大理石就去了市里。

回来的时候,邻居林子贵仿佛变了一个人。整天乐呵呵的,好像荣苟的左手炸断了,赔了一大笔钱的事情没有发生过一样。他向银行贷款了15万元,租了建筑瓷器厂的一个100多平方米的废弃车间作为大理石的生产车间。大家猜,林子贵葫芦里卖的是什么药。有的说,搞不好,又会有第二个荣苟的悲惨事情发生。

邻居林子贵对我说,他不但干石场,他还要吃螃蟹了,开采大理石。我到他的工地看了看。林子贵赤膊上阵,热火朝天地正在用钢锯,和工人一起锯石头。你看,因为没有铲车,一块大石头,要30多人用索子喊着,"出大力呀嗨,出大力呀嗨"地,喊着号子拉哩。

一转眼,邻居林子贵的大理石石材工厂,生意越来越红火了。

曾经对他又哭又闹的老婆卷着铺盖,屁颠屁颠的又跟着他鞍前马后了。村里人都知道他是村里的暴发户了。纷纷向他靠拢了。一下子发展了六七家。

哎呀,真是,十年河东十年河西。曾经别人以为无用的石头,现在成了众人争着攀捧的"通灵宝玉"了。

到2008年,我的邻居林子贵鸟枪换炮了,由个体户升级为有限公司了。他挂牌成立了南方第一个大理石生产企业。拥有员工100多人,以及现代化的生产设备。邻居得意洋洋地告诉我,十年以前干的生产量,现在工厂一年就能完成。我向他表示祝贺。他微微点了点头。此后,邻居更加干劲十足。

有一天,我发现他忧心忡忡的。连忙问他,是不是出了生产事故?他是,没有。他现在很重视安全生产。我说,哪是为何?林子贵对我说,他现在焦头烂额的是未来的发展。

我深感意外地说,你不是干得好好的吗?

他说,一言难尽。我们工厂一直徘徊于低端石材市场,随着国内石材市场大环境兴起,现在我们走下坡路了。如果逆势发展,就没有出路。特别是边角废料污染环境的问题。并且问我有何高见。我说你到外地考察学习人家的经验吧。走出去,请进来就是柳暗花明又一村。

后来,林子贵去了广东考察学习。他在学习期间,打电话告诉我说,他知道了超细石粉,超细碳酸钙在国内市场有很大的发展潜力,它广泛运用于塑料、橡胶、造纸、涂料、饲料、医药、日用化工、玻璃、陶冶等等领域。打个形象的比方说,他们现在是挖宝石的比不过要饭的,人家广东那边利用大理石边角料进行深加工,变废为宝。具体做法是把开采的大理石原料加工成大理石石材和工艺品,而大理石边角料就地进行回收,再生产出重钙碳酸钙超细粉,合成的人造大理石,比原来的大理石还要美观还要环保。还有的生产成碳酸钙新材料,这样一个新的石材循环产业链让人耳目一新。我听了啧啧称赞。说,好小子,长见识了。

邻居林子贵考察回来后,马不停蹄地召开了公司会议。他信心百倍地说,我们有限公司在开采大理石的过程中,要在继承好老品牌可与意大利的"卡拉拉"相媲美的大理石的优势的同时,还要与时俱进进行新的石材循环产业链的生产模式。创造更加大的价值。让大家伙走上康庄大道。员工们掌声雷动。

林子贵还讲了讲今后公司的发展规划。他说,当前我们要引进英国马尔文粉体粒检测仪。还要完善各项研发措施。例如,把石头粉变成更加美观环保的人工石头。再比如,我们可以用石头粉做涂料、编织袋、蒸汽沙灰砖,要知道牙膏、沐浴乳等等都是用碳酸钙做为填充剂的。这是我们的努力方向。到时候,我们的石头就漂洋过海,为各国人民做更大的贡献。员工们欢呼雀跃。

邻居林子贵成功了,有一天,他来到父亲的坟头说,爹,我从小就爱石头,现在想不到石头反过来也成就了我。圆了我童年的一个点石成金的梦。你安息吧!

我的大学

【导读】《我的大学》懂得了如何让情节和题目之间产生错位效果。尤其是面对一些很常见的题目时,该如何让情节避免被题目限制住。像这篇,借着一个读不读大学的问题,讲述的是哥哥对于妹妹的关爱,同时又试图指出老套命运的背后是陈旧思想的问题。这个就很好。一方面把一个知识思想改变个人和乡村命运的话题,通过"我的大学"来重新包装,一方面通过思索乡村落后背后的原因,来充实"我的大学"几个字的厚重。

夕阳西下,余辉映红半边天。一会儿,天渐渐地暗了下去。

我挑着一大担柴,放在院墙上。我把牛赶进牛栏里。这时候邮递员送来一封信。

当印着南方一所大学的录取通知书从信封里抽出来的一刹那,我喜极而泣。

黄泥巴墙的院子里,我把通知书给父亲看。笑呵呵地说,爸。我考上大学了。

可是父亲听了却大口大口的抽着旱烟,然后,习惯性的拿烟窝子在鞋底敲了敲,说,叶梅,听爸一句话,不是爸重男轻女,你哥等着要相亲哩,我们山里人家,说个媳妇不容易。

父亲扳着指头接着说,这彩礼钱,上门酒,换信物得花不少的钱吧。女孩子家,读得再多的书,又有什么用。到头来还不是嫁

出去。

母亲也劝她说,我们这里是穷山沟,二百多人口的村子,就有六十多个光棍。为什么。还不是因为我们这里穷,人家不乐意嫁过来。再说,女孩子家读再多的书也是赔钱货。爸爸能供你读完中学,就很不错了。

我眼睛里噙着泪水,扑通跪在他们面前说,爸妈,我这辈子没有求过谁,就让我去读大学吧。我们可以去借,我大学参加工作后一定加倍还回给你们的。

父亲干瘦的脸上青筋暴露,他艰难地咳嗽说,你这闺女,怎么就不通晓事理呢。这些年,我们广种薄收,你妈妈又有脑血栓病。我们现在是家徒四壁,信用社债台高筑,人家看见我们就想躲开,借,到哪里借,你倒说得轻巧。

母亲用打着颤抖的手抹了抹眼泪说,叶梅我们认命吧。你哥哥过了这个村,就没有那个店。你要为你哥哥着想。

父亲说,我知道你心里痛苦。可是,你知道我们这里是远近闻名的光棍村。你哥哥三十好几岁了。难道你就眼睁睁地看着他杨树剥皮,光棍一条。你就依了爸爸吧。

母亲说,人家女人不嫌弃我们家穷,不嫌弃你哥哥五大三粗。为了这个家,你就牺牲一下吧。只要你答应和哥哥换亲。

我看看父亲母亲没有商量的余地,就赌气地关门,躲在房间里不吃不喝。

父亲气得直跺脚。我从来没有看见父亲这么发火过。他拿着旱烟袋,敲着我的房门说,想读大学,门都没有。人家是大富人家,能够让姐姐来和你哥哥换亲。她弟弟虽然傻了些,可是也不少胳膊缺腿。你只要嫁过去,吃香的喝辣的,鸡仔掉进米筐里哩。

我说,都什么年代了,还是穿新鞋走老路。搞拉郎配,换亲,简直胡闹。要去你自己去,我死也不去换亲。

月亮躲进了云朵里。满天的星星好奇地看着大地。

我看见前面来了一队迎亲队伍,一路敲敲打打向我家走来。我的嫂子头戴红巾,在带路媒人的护送下,朝我家走来。哥哥身披红花,喜气洋洋地和嫂子拜堂成亲。而我,被屋里人生拉硬扯送上了另外一队迎亲队伍。傻个子的新郎傻笑着,带我到了一家大户人家。

笃笃笃笃,一阵敲门声,把我从梦中惊醒。我吱呀一声,把门打开。原来,哥哥从煤矿回来了。

哥哥气喘吁吁地说,叶梅,听说你考上了大学。我默默地点点头。

哥哥还说,哥不要你去换这个鸟亲。哥砸锅卖铁也要供你上大学。只要你上了大学,哥情愿打一辈子光棍。

哥,别说了,我愿意和你换亲。我放下他的手说。

哥说,你中邪了。怎么能让你为哥的窝囊婚事,耽搁了你的大好前程。哥不是不想家,哥要等你大学毕业后再另外说一门亲。

这一年秋天,我在哥哥的护送下,坐上了去南方一所大学的车。

当然,牛妹也没能够成为我的嫂子。我自然也没有成为那个傻蛋的妻子。当我大一那一年,一个离婚了的女人,带了一个扎小辫子的妞妞进来我家。他就是我现在的大嫂。他们用一双勤劳的手供我读完大学。我大二那一年,母亲因病去世。大学毕业后,我主动要求回到了家乡工作。我用平生所学,回报家乡。

现在,我们家乡的光棍越来越少了。媳妇来自全国各地,简直成了地球村。

父亲惭愧地对我说,那一年,你哥哥做得对。男女平等,都一样享受教育。换亲的陋习是要不得的。

小偷日记

【导读】小偷的日记,是小偷对自己干这个行当的心灵解剖;是小偷对自己的反思。我是一个一过街道,人人喊打的小偷。我干的勾当令人嗤之以鼻。可是我的内心是痛苦的。不信,有我的日记为证明。

我是一个一过街道,人人喊打的小偷。我干的勾当令人嗤之以鼻。可是我的内心是痛苦的。不信,有我的日记为证明。

关于动机的日记

我是一个聋哑少年,又是一个孤儿,说实在的,我也不想干小偷,可是有一天的偶然却改变了我的命运。那天我在回家途中,遇到了一个四十多岁的聋哑叔叔。他告诉我他叫富贵,以后就管他叫富叔叔。富叔叔人很健谈,我心里就觉得他像我爸爸一样关心我。他和我同病相怜,我甚至对他有一种相见恨晚的感觉。富叔叔还给我买了一套新衣服,这是我长这么大都没有得到过的礼遇。富叔叔说来吧,流浪的笨小孩,我会给你一个温暖的大家庭。那里有面包,有奶酪,有鲜花等等。我好像走进了一个童话世界。那天也许出于感恩,我就心甘情愿跟着他走了。就像一个流落街头的人找到温暖的归宿一样。可是我万万没有想到,这是我噩梦的开始。我被这个人面兽心的富叔叔诱骗进了他操纵的聋哑人盗窃团伙。

关于盗窃的日记

富叔叔把我带到一个城市的郊区,我才发现这里有十四个聋哑人其中有五个还是女的。我还没有享受到有面包,有奶酪,有鲜花等等的生活。一到这里我发现富叔叔便迫不及待了,原来笑靥如春天的面目一下子却荡然无存,他整天绷着脸板,好像我们欠了他许多金钱似的,凶神恶煞的用一双鹰爪般的大手先是把我的身份证、手机和仅有的一点点钱搜走了。我眼泪都流下来了。富叔叔没有考虑到我的感受。接着让我参加工作培训。什么工作培训?其实就是看他们如何盗窃的示范,还有就是一些严格的帮规,怎么镇压背叛盗窃团伙的人等等录像。我用手语说我不干,富叔叔马上叫一个彪形大汉对我拳打脚踢。我眼泪又流了下来。我曾经偷偷的逃跑过两次,可是都没有成功。换来的是富叔叔对我更加严厉的惩罚和恐吓。我的心死了,我选择了屈服。我被富叔叔分在同另外一个女人和一个男人一个组里。从此,我开始干小偷这一勾当。我每天要完成六百元的盗窃款,完不成任务是要罚跪和挨打的。我们三人组的活动范围在公交车、商场、地铁、车站等等人流如潮的地方。

这天,我和小顾、小琳花了三块钱,上了一辆公共汽车。我拿了一张晚报,装模作样的看着。眼睛却像一台扫描仪一样注视着别人的包包和口袋。最后,我把目光锁定在一个农村妇女身上。我和小顾、小琳使了个眼色,我们就小心翼翼的靠近这个农村妇

女,正当我伺机作案时,一个便衣警察,堵住了我们。我想开溜,但是双手被便衣警察如大铁钳般夹住。车上的群众对我的小偷行为投来厌恶的目光。我无地自容,真想找一个地缝钻进去。

关于何去何从的日记

我很庆幸我被警察抓了。如果我没有偷到钱,回到窝点,我不死也要脱层皮。以前我发现没有完成任务的聋哑人,男的被打的皮开肉绽,女得被性侵的事情可惨了。因此我在公共汽车上就供出团伙小顾、小琳。在派出所,警察对我们进行了心理辅导,晓之以理,动之以情。我们决心改邪归正。我们早就想逃出富叔叔这个狼窝。现在好了,我们终于有机会可以洗心革面,重新做人了。当然,我除了坦白从宽外,我还想到了戴罪立功。我带领小顾、小琳向警察提供了富叔叔这个利用聋哑人盗窃的犯罪团伙的滔天罪行。这个重要线索很快被警察采纳。根据我们的线索,将富叔叔操纵的这个聋哑人盗窃团伙来了个一锅端。十四个聋哑人终于被解救了,迎来了崭新的一天。当我走出派出所的那一刻,我觉得,天空很蓝很蓝,太阳很亮很亮,周围的人很亲很亲。我知道,我们聋哑人特别要注意不要被像富叔叔这样的人的花言巧语所蒙骗。虽然我们是弱势群体,但是我们应该自食其力,干过小偷不等于永远是小偷。我们有困难,可以和党和政府沟通,我们要用实际行动,做有利于人民的事情,回报社会,回报国家。

关于未来的日记

我以前是三只手,现在我悬崖勒马了。我经常走上街头,和人家讲在什么场合小偷多,小偷偷东西的伎俩,如何防范小偷,甚至亲自参加到抓小偷的行列。渐渐地,小偷一听见我的名字就闻风丧胆。有一次,我发现了一个小偷,正在偷一个女人的包包,我大喊一声,冲了上去,小偷弃包包想逃跑,被我死死地抓住,小偷恼羞成怒,拿刀扎伤了我,鲜血直流。后面的群众挺身而出,一起逮着了小偷。女人很感激的摸着我的手说,疼吗。我用手语说不疼。后来这个女人成了我妻子。我妻子从来没有看轻我,她还为我生了两个孩子。我觉得生活太美好了。许多人对我报以赞许的目光。他们没有想到,我以前也是小偷大家庭中的一人。现在的我用行动表明,改过自新后,小偷的明天也是艳阳天。

我的日记是我人生的记忆,如果你看了,觉得对你有教育意义,我想,这就是我这个聋哑人最大的幸福。

第四辑

点点滴滴都是为了你

这辑小小说，作者写了搬运工卢小鹿、农民唐苑、女青年大嫣……生活中的点点滴滴。作者取材广泛，富有幽默的语言，将离奇、巧合、特殊的事情娓娓道来，在揭示人物的命运、内心以及视角的转换上，作者也游刃有余，让小小说耐读，有看点。

搬运工的爱情

【导读】搬运工卢小鹿走了狗屎运。帮一个富婆搬家具,卢小鹿吭哧吭哧地扛着家具,小心翼翼地进了一座欧派的别墅。卢小鹿仿佛刘姥姥进了大观园。他和富婆好上了。他们的爱情会水到渠成吗?

卢小鹿现在在梧城当搬运工。他揽的是给人家搬家的活。梧城现在的房地产炙手可热,卢小鹿当然不会放过这些挣钱的机会。

搬运工挣的是流汗的钱。卢小鹿给人家搬家。只要人家一个电话,立马就走人。有了电话,就有了活干,干完了活,就有了钱拿。

卢小鹿是个聪明的人。这体现在他对搬大件的东西的做法上,那不光要卖力气,还要动脑筋,怎么样才能够转过楼梯间,怎么样才能够进门,这些都要讲究技巧,不然弄坏了人家的家具,不但拿不到工钱,还要补偿人家的损失。

在给人搬家的日子里,卢小鹿还是一个人吃饱全家人不饿的爷们。卢小鹿知道自己长在农村,生活得很艰苦。他给自己定的伙食是,早上喝一碗豆浆,三个面包,中午吃咸菜喝稀饭,只有晚上他才吃干饭。帮人家搬完东西后,卢小鹿才喝酒,酒精真的是好东西,让他不想女人的那档子事,睡一个安稳觉。

卢小鹿把省吃俭用的钱寄回农村父母亲的手上。他希望攒够了钱。父母亲给他张罗一个媳妇。

一天,卢小鹿把搬家的牌子支在地上,就有一个漂亮的少妇来找他搬家具。少妇直勾勾地看着从短袖里露出的肌肉块头,眼睛充满了羡慕。卢小鹿的眼睛和少妇眼睛一对接,不觉眼前一亮,她染着黄色的头发,穿一件青花瓷似的连衣裙,凸凹有致。少妇要请他去帮她家搬一套家具。那家具气派!就是一些红木沙发。卢小鹿想,这家人真他妈的牛!

卢小鹿吭哧吭哧地扛着家具,小心翼翼地进了一座欧派的别墅。卢小鹿仿佛刘姥姥进了大观园。

当卢小鹿放下最后一件家具的时候,活脱脱像一匹汗血宝马。卢小鹿准备拿了钱走人。没想到女主家说,先喝杯咖啡吧!

卢小鹿看见女主家从陷着的沙发上站起来,葱嫩的手往杯子里倒了蓝山咖啡,用小勺轻轻地搅拌。喝吧!看把你累的!女主人关心地问。

搓着手的卢小鹿就受宠若惊地接过杯子。

女主家说,喝过咖啡吗?

没有。卢小鹿轻轻地抿了一口应道。他感觉热,解开了短袖的扣子。

女主家不时地用眼睛瞅了瞅卢小鹿举重运动员一样的肌肉。你练过肌肉。

我从初中、高中就一直练习拉力器、哑铃。就是现在出来打工,我也不间断。

怪不得,你拥有健美运动员的肌肉。女主家又帮卢小鹿续满了一杯咖啡。

卢小鹿也没有礼让,一口就喝光了,他放下杯子说。你家男人还没有回来,我该拿钱走了。没想到,卢小鹿就在这个节骨眼

上就像一坨泥巴一样软了下去。

卢小鹿醒来的时候，发现自己一丝不挂地和女主人缠绵在一起。他啊呀一声。心里想,坏了事情了。连忙钻出女主人的莲藕般的手臂,寻找衣服。

女主人说,你醒了。

我、我昨天晚上……

我不怪你,我不会让你负责的。你走吧!

你不怕你给你男人戴绿帽子的后果?

我男人早就死了。

死了? 卢小鹿看了看相框中,那个谢顶的男人。

我男人到菲律宾做生意去了,他在那边被狐狸精迷住了,他痴迷在女人中拼命地寻找刺激。我和我男人早已经没有了当初天陷地裂的感觉了。我早就被他打入冷宫了。你别以为我养尊处优。其实我过的是守活寡的生活。女主人眼泪流了下来。

卢小鹿再次抱起女主人,滚到了床上。

卢小鹿就这样隔三差五地偷偷来和这位女主人幽会。每一次,卢小鹿都和女主人翻云覆雨。

叮咚,叮咚。卢小鹿按响了门铃。开门的不是,自己心仪的女主人。而是一个富态的老妇人。

请问,你找谁?

我找秋秀。卢小鹿说出了女主人的名字。

哦,你是说帮我照看我房子的秋秀。她前两天就搬走了。

你是说,这房子不是秋秀的。

当然不是她的。我儿子半年前接我去了澳大利亚。这房子就一直由秋秀照看。也奇怪了,秋秀结婚好多年了,一直没有怀孕。这次她老公说,她现在怀孕了,得回老家生孩子。

卢小鹿探头看了看厅里,奇怪,自己搬进来的红木沙发也不翼而飞。

老奶奶,你知道秋秀的老家在哪里?

这个是人家的隐私,我要保密的!对了,你贼头贼脑的是不是打什么主意?老妇人不客气地关上了门。

卢小鹿接了个电话,是人家要他去搬家具的。妈的!卢小鹿骂了一句,沮丧地走了。

春 天

【导读】春天百花齐放,鸟语花香。去年的春天对唐苑而言是灰色的。他遭遇车祸,右腿被截肢了。今年正月刚过,福莲镇的人都惊喜地看见,一对年轻的情侣——一个拄着双拐的男人走在前面,一个独手的女人推着小车跟在后面。他们一起迎来了自己生命里的春天。

去年的春天对唐苑而言是灰色的。他遭遇车祸,右腿被截肢了。

唐苑哭丧着脸,目光呆滞。他娘把拐杖交给他:"孩子,老在病房里坐着,也不是个办法,出去走走吧!"

"我不去!"唐苑瞅了瞅右边空荡荡的裤腿。

他的心在滴血……

去年春雨过后,竹笋吸足了日月精华,一个个削尖了脑袋,破土而出。这些竹笋可是新鲜的食材哩,城里人可喜欢了。天刚

有点亮光,唐苑就背个大包,带着干粮,钻进了竹林找竹笋。

这些饱满的竹笋黄绿相间,在唐苑眼里就是花花绿绿的钱哩!

快到中午的时候,唐苑背着沉甸甸的包下了山,把竹笋往三轮摩托上一放,往县城赶去。

唐苑一面剥竹笋,一面叫卖:"竹胎!水灵灵的竹胎!"一群妇女就围了上来,三下五除二买光了他的竹笋。唐苑数着钱,心道:好家伙,近一百斤竹笋,卖了两百多块钱哩!

唐苑正要离开,一个收竹笋的汉子喊住了他:"你们那儿有卖竹笋的吗?"

"有啊!你一天收多少?"

"六百斤。我给你五毛钱的差价。"

唐苑心里打起了小九九:自己可以找五六十斤,卖两块二,可以赚一百来块钱,加上收的五百斤,五毛钱的差价,可以捞二百多块钱哩!他说:"好吧,老板!"

"你要在每天十一点前送到我店里,我要发货到市里。"

唐苑是在送竹笋的路上和一辆卡车相撞,失去右腿的。

唐苑感觉自己后半辈子完了,世界如同黑色。

相邻病房有个叫莫丽的女孩来看他。女孩长得很漂亮。美中不足的是女孩也在不久前的一次车祸中失去了左手。

莫丽乐观的态度感染了唐苑。他们同病相怜,互相鼓励。空闲的时候,他们一起拿手机看资讯、聊天。莫丽还在淘宝网上买了本《钢铁是怎样炼成的》送给唐苑。唐苑也在网上买了时尚的衣服送给莫丽。"雾霾"就这样渐渐地散了。

爱情的火花在他们的心里燃烧。莫丽说:"我就是你的脚!""那我就是你的手!"唐苑回答她。

今年正月刚过，福莲镇的人都惊喜地看见，一对年轻的情侣——一个拄着双拐的男人走在前面，一个独手的女人推着小车跟在后面。小车子的玻璃柜台里，摆满了猪耳朵、凤爪、鸡翅膀。

这时，一帮人围了上来："老板，给我来两斤猪耳朵……"

他们一起迎来了自己生命里的春天。

（本文发表在《三门峡日报》2016年3月16日副刊。）

大　嫣

【导读】作品写了一个现代女人大嫣脚踏两个男人中间的爱情故事。她看不起在这个皇宫KTV当服务生的佳高。尽管这个男人在暗中常常帮助自己。当大嫣伤痕累累的时候，还是这个服务生佳高和她不离不弃。

秋风让大嫣感到了凉。如钩的月已经在灰黑的天空上岗。大嫣挑选了漂亮的紫色貂皮长袄，也准备上岗了。

一起长大的姐妹们都背井离乡到广东、浙江打工，大嫣不去。大嫣选择离土不离乡的县城挣钱。

大嫣坐在梳妆台前，她用口红涂了嘴，用梳子梳理了一下盖过杏花般的眼睛的刘海，把眉毛描得像已经在灰黑的天空上岗的如钩的月。秋风吹到了大嫣被染黄的的头发上。大嫣对着镜子里韩国女明星般的自己笑了笑，拿起精美的小包出了出租公寓

的门。

前面来了一辆蓝色的士,大媽用手挥了个优美的弧线,车子慢慢地停了下来。她对出租车司机说了声,到皇宫 KTV。的士就飞快地穿行在大街小巷。

从出租车下来,大媽蹬蹬蹬地走上了电梯,她的工作岗位皇宫 KTV 就在六楼。她在这家 KTV 当一金牌服务员。大媽随着音乐的动感扬起歌喉,舞动着水蛇般的腰,她就是这声色华丽的黑夜里的一只夜莺。

大媽出色的表演让她红极一时,她也水涨船高有了可观的收入。她每天有六百块钱的收入。大媽给自己的底线就是,只陪人家唱歌、跳舞、喝酒,绝对不出台陪人家睡觉。

今天的 KTV 厅,她再次看见了那个叫佳高的小白脸,他穿着黑色的西服,打着紫色的领带。佳高在这个皇宫 KTV 当服务生。工作职责是送果品、送茶水、送酒水。

佳高曾经向大媽求过爱。大媽想如果是以前这个可爱的服务生倒是一个不错的人选。但是现在,她觉得这个奶油小生要房没房,要车没车子。所以她委婉地拒绝了佳高。佳高仍然处处护着大媽。

就拿不久前的事情来说吧,一个熊猫眼带来了九个男人。他们点名要小姐。因为人手不够,大媽不得不到包房服务。那几个男人,开始的时候,就和服务员规规矩矩地边唱歌、边喝酒。后来几个男人把小姐抱到怀里。熊猫眼看见可人的大媽正拿着麦克风唱歌。他从后面抱住大媽后,手不老实地摸到了她性感暴露的衣服里。大媽左躲右闪。熊猫眼更加肆无忌惮地把咸猪手伸向她的屁股。还把毛茸茸的嘴啃上了大媽娇滴滴的樱桃小口上。让大媽反胃。这个时候佳高正好进来送啤酒,他觉得一股血直往上涌。拿啤酒瓶就往熊猫眼的头上砸去。另外八个男人看见熊猫眼被人砸了,一哄而上,对佳高拳脚相向。打得他脸红肿,鼻血出,青一块紫一块。后来是大嫣苦苦哀求熊猫眼,煤矿蔡老板赶来出面,那几个人才饶过佳高。

煤矿蔡老板在今天大嫣唱完歌后,邀请她出去吃宵夜。蔡老板还送给了她一副钻石耳环。大嫣摸着这么厚重的礼物,对蔡老板说,今天有约了,下次可以考虑。

蔡老板说,好吧！就下次吧。

佳高送大嫣回到出租屋。秋风让大嫣感到了凉。如钩的月在空中躲到了云里。这会儿,露水已经调皮地跑到地面上。佳高问大嫣,你真的答应蔡老板,要赴他的鸿门宴？

大嫣点了一支芙蓉王,嘴里吐着烟圈。蔡老板虽不是个儒商,可他也不是痞子。

佳高说,蔡老板的妻子得食道癌去世了,现在是单身公狗乱跳,两个卵子一上一下,他请你吃夜宵,可能是黄鼠狼给鸡拜年。

大嫣开了一瓶红酒,往两个高脚杯里倒满说,佳高来,我们不谈这些,咱喝酒。说完,她一饮而尽。佳高也一饮而尽,感觉呼吸畅快急促起来。陶醉中的佳高望着窗外,说了句,可怜九月初三夜,露似珍珠月似弓。我该回去了。

大嫣神色恍惚,看见佳高年轻英俊的脸庞散发出强烈的荷尔蒙。佳高,你留下来吧！

当大嫣睁开眼睛看见佳高笑容满面地为她送上来可口的早点时,她的眼睛里泪水盈盈。佳高说,别哭,我会对你负责的。

又一个月色如钩的秋夜,佳高看见大嫣唱歌结束后,大嫣还是钻进了蔡老板的宝马车里。

此后,蔡老板要大嫣辞去了KTV的工作,像小鸟一样,把大

妈养了起来。他带大妈去打高尔夫球,窝在沙发里爱,到大海旁边游泳……

佳高看见哭得似一个泪人的大妈的时候是在一年后的一个月色如钩的秋夜。蔡老板的煤矿瓦斯爆炸,出现重大伤亡事故,被有关部门收押。

大妈说,那次英雄救美是蔡老板一手炮制的。我已经不是过去那个孔雀公主了。

我们重新开始。佳高说。

月　夜

【导读】小说写了一个催人泪下的故事。家庭暴力。反映了一个很普遍的社会现象。很有现实的意义。正好配合了当前的《反家庭暴力法》的宣传。小说选取的事件也很震动人心:丈夫赌钱,把老婆都卖了!女人的遭遇非常让人同情。弱女子的逆来顺受,性格很鲜明,也写的也很真实。如需要修改的是,女人在自杀后,小说又写了许多,到这里一笔煞尾就可以:写女人死时,丈夫还在外面赊酒,又输了钱,那人又来找乐。发现异常。就可以了结束。

月娥看了看,街上的人像羊拉屎一样稀少了。她心里想,刚才街上还人来人往,怎么这么快就冷冷清清了呢?她估摸着,是得要收摊了,不然那个赌鬼又要拿她出气了。

月娥把油锅里的油倒好,收了灶台,箩筐等等物品。她在街上炸粽粑卖,烟熏火燎不说,还要受风尘的欺负,挣的是辛苦钱哩。月娥顾不得多想,然后拉着双轮车深一脚浅一脚地走在坑坑洼洼的沙子路上。双轮车的轮子发出吱呀吱呀的声音。月娥的身体汗如雨下。喘气如拉风箱般密集。

月亮爬到空中的时候,月娥才跌跌撞撞地回到家里。她把双轮车放在院子里。然后,像陀螺一样又钻进厨房张罗晚饭。

丈夫东子看见月娥端上来一碗酸菜。没好气地说,你也不买点荤菜回家,想掐老子的口粮啊!

月娥说,捆着嗓子,省下两钱给你攒赌资啊!

我叫你嘲笑老子,我叫你嘲笑老子。东子把酒浇到了月娥的脸上。

月娥不在说话了。她抹干净脸,草草地扒了几口饭,又冲了个凉,就睡了。

朦朦胧胧中,她感觉有一双手在剥她的衣服。她下意识夹紧了双脚。

你是我婆娘,我想什么时候闹一下你,碍着谁了。东子对月娥就是一阵毒打。月娥白白净净的脸上,立马就青一块紫一块。

月娥像僵尸一般让东子闹了。当疲惫的东子鼾声如雷的时候,月娥的泪水却湿透了枕头。

又是一个月光如水的夜晚。朦朦胧胧中,月娥感觉有一双手在剥她的衣服。月娥这次没有反抗,她张开双脚,让男人酣畅淋漓地闹了个够。男人一脸的兴奋,动作暴风骤雨般。

月娥感觉不对劲,她打开电灯。发现睡自己的是一个陌生的男人。月娥用被子遮住身体说,你是谁?你怎么进我家的?

男人冷笑说,我叫薄卿,你男人东子赌输了钱,向我借了五千块,又赌了个精光。这不他出了个馊主意。把钥匙交给了我,让

我和你闹一闹,赌债就一笔勾销了。薄卿摸了摸水灵灵的月娥的脸又说,你东子放着好好的老婆不享受,可惜了。明天我还来闹你。

薄卿前脚刚走,月娥后脚就拿了一瓶农药咕嘟咕嘟地喝了个底朝天。她感觉肚子里翻江倒海般的难受,这喝农药怎么这么痛苦呢?月娥在地上滚来滚去,身体滚倒了许多东西。

此时,月亮已经躲进了云彩里。大地上一片黑暗。

彼时,东子正在醉红楼一杯接一杯地喝着烧酒。口里吐着酱鸭脖的骨头。

醉红楼的老板说,东子,我可是小本经营。今天你给我把以往的酒钱给结清了吧?

胡老板,真扫兴!我来你这里喝酒就是看得起你哩。这么趁人之危,干脆我以后不来你这里喝酒得了。

好好,你下次可要结清酒钱啊!

东子从醉红楼出来,感觉脑子里正在打鼓,眼睛冒着金星。风吹上他的脸上,他这个时候就像上景阳冈的武松,醉意已经上来了。嗓子里像有一股火苗,火烧火燎一样。东子跟跟跄跄的上了花桥。感觉尿憋得难受,就走到旁边尿尿,不曾想一脚踩空,如被射中的鸟一般,从桥下掉了下来。

第二天的月光,没有因为月娥家的变故而没有如期上岗。月光还是如水般把山村打扮得朦朦胧胧。薄卿特意喝了几杯壮阳酒。五千块钱借给了东子,不好好和他老婆闹个够,就亏大了。

月上柳稍头,人约黄昏后。薄卿心里美滋滋地哼着小曲,和东子的老婆闹一晚的味道太难忘了。他借着柔美的月光轻车熟路地打开了东子的家门。摸索着,薄卿像个盲人一样前进。心里老想着,水灵灵的月娥呀!脚下却冷不防被硬邦邦的东西绊了个嘴啃泥。他还闻到了一股血腥味道。薄卿打开灯,这一打不打紧。一看就面如土色。水灵灵的月娥已经七窍流血死了。

薄卿的壮阳酒醒了一半,荷尔蒙也降低到了零点。他慌慌张张爬起来,连忙掏出来手机,拨打了报警电话。

放田水

【导读】农村放田水看似普普通通的事情,这时候却是男人出轨的黄金时间。老婆翠花对丈夫先喜也持怀疑态度。翠花拿了的电筒,悄悄地跟在了先喜的后面。微小说的临门一脚,让你不得不佩服作者的构思巧妙。

水稻扬花灌浆的时候,马庄一带半个月再没有看见一点雨。圆圆的太阳像一个火球照着大地。大地像一个大烤炉。

晚上,先喜拿了个锄头和桶就出了门。老婆翠花隆着个大的肚子说,先喜你要下力气放好田水,不然水稻颗粒无收,我生下孩子后喝西北风啊。

先喜说了句,知道了。就出了门。

半个月过去了。有关先喜和桂花的风言风语传到了翠花的耳朵里。

翠花,你去看看你的田吧,干得能够站得上人了。

翠花,你先喜天天给桂花放田水哩。

翠花看见人家说得有鼻子有眼睛的。就决定弄个水落石出。

白天,翠花就挺着将军肚看看自己家的田长势怎么样了。自己的田像乌龟的背,四分五裂。水稻黄黄的快枯死了。再看看邻田的桂花的,虽然没有像乌龟的背,四分五裂,不过也好不了多少。怪不得有先喜的风言风语传来。

翠花说,好你个先喜,天天说谎出来放田水,原来是找借口,和桂花鬼混。看我今天不逮他们个现行。

翠花拿了的电筒,悄悄地跟在了先喜的后面。

水源头是一个大塘,现在已经旱得快看见底了。先喜拿锄头,挖开了塘口,细小的水就流了进来。

先喜,又来放田水哪？邻田的桂花问。

桂花的老公出了车祸,瘫痪在床,日子紧巴巴的。

先喜说,你先放吧！超过了时间,下一个就是别人放了。这是马庄的规矩。这就像我们到银行取号取钱一样,过期不候。

谢谢了！桂花笑了。桂花拿锄头一路检查水路,看看有没有漏水的地方。水快到田的时候,桂花把水放到了自己的田里。

翠花眼睛湿了,泪流了下来。

(本文发表在《微篇小说》2016年第2期。)

我的闺蜜

【导读】闺蜜姣妹总是埋怨自己的工作岗位不好。想找一个工作好一些的丈夫。但是事与愿违,她为一个叫荣华的镇政府工作人员做了两次人流后被人家耍了。我应该怎样帮助我的闺蜜。她会走出爱情的沼泽吗？

姣妹长得美，有沉鱼落雁的美。黑黑的秀发像瀑布一样飘逸。她在水泥厂工作。她是和我中专毕业后一起进的厂。很自然，就成了闺蜜。

姣妹的工作岗位是在水泥厂干立窑工，实行三班倒。每天我们穿上蓝色的工作服，戴上安全帽，从生料岗走过，然后从楼梯爬上二十多米高的立窑车间。我和姣妹同一个工作岗位。我们这个岗位，要和窑面工以及生料工密切配合。姣妹一开开关，料就上来了，我们得掌握好料的成球。太湿就容易堵成球盘，控制灯亮了，就要关小一些水。堵住了，就下去拿铁铲铲开，这是力气活，铲久了就汗流浃背。相反，太干也不行，就要加水。干湿适宜生产出来的水泥标号才顶呱呱哩。

姣妹总是埋怨自己的工作岗位不好。冬天，立窑车间冷，我们就在旁边烤电炉；但是这些仍然不管用，我们的手和脚还是有冻疮，闹得我们又痒又痛。夏天，蚊子给我们上蚊刑，立窑车间像一个烤炉，我们就用电风扇吹凉。最主要的是从窑面那里弥漫上来的呛人气味。我和姣妹把娇媚的脸庞躲到了口罩里。

窑面工是两个男的。一个叫谭天，湖南郴州人。另外一个是江西来的小伙子叫徐斌，戴着个眼镜，文质彬彬的。长得浓眉大眼，壮实的身材。

徐斌在空闲的时候老爱往我们的立窑车间跑，有时候为我们铲堵了的成球盘；有时候他捎了些巧克力饮料和水果什么的和我们分享。一来二去，我们就混熟了。

那时候，流行跳舞，唱卡拉OK。我们水泥厂清一色是青年男女职工，都在下班后往这些娱乐场所跑。

在舞厅,姣妹总是被男人邀请去跳双人舞。什么慢三慢四恰恰,她都会。徐斌不会,就老是踩了姣妹的脚。姣妹手把手地教他,说你怎么这么笨呢。徐斌就呵呵地笑。

一个叫荣华的镇政府工作人员看上了姣妹。他有事没事老喜欢骑一辆珠江125摩托车来接姣妹出来跳舞或唱歌。荣华向姣妹大献殷勤。请她到美食街吃炒田螺,烧烤,猪蹄。帮她买时尚的衣服和首饰。姣妹和他同居了。徐斌看见他们又一起出去唱歌,一杯接一杯的喝闷酒。徐斌趁着酒醉拿啤酒瓶把荣华的摩托车后视镜砸烂了。

我的闺蜜姣妹是在做了两次人流后,被荣华甩掉的。荣华每一次都没有陪着姣妹去人流。我说,这个薄情郎,只知道自己快活,不知道心疼女人的死活哩。

姣妹说,怪我瞎了眼睛。不提他了,说他是说条狗都好一些。她像被风雨欺凌的花,七零八落的。

那些日子她常常流泪。一个人呆呆地低着头。我不停地劝她。她挥舞着手说,荣华,你这个王八蛋!你这个薄情郎!

姣妹说,没用了,我没用了.

姣妹偷偷的拿了瓷片割了手腕,准备自杀。幸亏徐斌来看她,发现及时,不然后果不堪设想。

徐斌,你让我死吧!我没脸见你了。

姣妹,你冷静一些。我不介意你的过去。

有一次上零点班,姣妹在立窑车间里睡着了,我以为她太累了,就没有叫醒她。自己一个人顶班。

当火红的太阳从地平线跳出来时,水泥厂沐浴在晨光熹微中。

姣妹醒醒,该下班了。我看姣妹没有反应。不对劲呀!

我连忙喊,徐斌,谭天,你们快上来,姣妹昏迷过去了。

徐斌蹭蹭蹭跑上来边摇边说,姣妹你怎么了?他愁眉紧锁,打了110急救电话。背起姣妹就往下赶。徐斌忙着给姣妹挂号,交钱。经过医生的诊断,是气体中毒。连续四天的打点滴,徐斌的双眼布满了血丝。

看见姣妹苏醒了过来,徐斌才长舒了一口气。姣妹,这是乌鸡汤,看你这些天瘦了一圈,快趁热吃了。

姣妹张开嘴,嘴唇贴住徐斌送来的汤匙。咕嘟咕嘟地喝着鸡汤。喝好了,用手抚着他的脸说,斌,这些天可把你累坏了。

(本文发表在广西《贺州日报》2016年5月4日。《今日灵川》2016年9月16日转载。)

妈妈的味道

【导读】作品质朴自然,语言清新。文章设计合理。总体感觉是一篇较成熟的作品。简朴中妈妈闪光的元素,把妈妈的爱放大升华。融入"母性"无私、博爱,妈妈对女儿的关心爱护,细腻酣畅淋漓的叙述促使作品更成熟。

2003年,我生下女儿婷婷。丈夫的本意是希望女儿长得眉清目秀,亭亭玉立。

当女儿刚生下来,护士抱着她给我看看时,女儿黄黄的头发,皱巴巴的脸上,一双小眼睛像两只蝌蚪一样转来转去。初为人母,

我心里一阵满足。

我中专毕业后在水泥厂工作,每天三班倒。工资每月是四百多块钱。婷婷三岁的时候,小朋友都不和她玩,取笑她是"斗鸡眼"。

碰巧,我那个高消耗、高污染的企业破产了。我和丈夫双双下岗,不得不去摆地摊,卖水果。

我在家开始留意婷婷的一举一动。发现她老是斜着眼看东西。有一次,我掉了一个纽扣,叫她捡起来,她摸索半天,竟然看不见。我让女儿穿针,她也老穿不过去。

我忐忑的带女儿去医院,心里很内疚,我怎么就生下一个"斗鸡眼"呢?

医生说,这是斜视加有些弱视,你这个当妈的怎么当的,现在才发现。

我脸上火辣辣的。走出医院时,我的脚像灌了铅一样沉重。

妈妈,我不想戴眼镜。婷婷把嘴噘得老高。

婷婷乖,戴着眼镜斯斯文文的很好看哦。

那妈妈也戴眼镜。

嗯!妈妈也戴。我把一幅平光镜戴上后,女儿不再闹了。

我开始在家里给女儿保守治疗。按医生的要求,让女儿穿珠子。我把珠子倒在盆子里。

婷婷和妈妈一起比赛穿珠子好不好?

好!女儿拍着小手。

我示范着穿了一个给女儿看。女儿很快就学会了。我故意把穿珠子的速度慢下来,让她超过我。当女儿的线起了毛边时,我让女儿用湿了的手搓了搓。

婷婷头几次还觉得穿珠子新鲜好玩,穿多了就觉得枯燥无味。有一次,她把一盆的珠子踢翻了。

我开始骂她,你再这样,我不理你了,你要当一辈子"斗鸡眼"。

我哭了。女儿也哭了。我们抱在一起哭。

婷婷说,妈妈,我再也不惹你生气了。除了穿珠子,我还用闪烁增视仪,插上电,罩在女儿的眼睛上,矫正她的斜视。

我这样给女儿保守治疗了大半年,却收效甚微。在复查的时候,我问医生,我要猴年马月才能够治好女儿的病。医生推荐我到广西医科大学附属医院做手术。

我回来和丈夫一合计,用一个小布包包住我们省吃俭用的八千块钱,带上干粮,去了南宁。

那个暑假,本来学校是要组织孩子去碧溪湖参加夏令营的。婷婷也闹着要去。

我开导她说,婷婷,等你医好了眼睛,我再带你去。

妈妈,你骗人。

妈妈绝不骗你。女儿伸出小指头,要和我拉勾。

拉勾,上吊,一百年,不许变。我的手指头和她的手指头紧紧地勾在了一起。

我帮女儿换上了手术服,亲了她的小脸蛋。

妈妈,我怕。

婷婷乖,有妈妈在,你不要怕。

手术动了近三个小时。我在门口等待,感觉像三年一样漫长。

当女儿的眼睛缠着纱布,被护士拉着手术车走出来时,我轻轻的握住女儿的手,心里默默地祝愿她:婷婷,早日康复!

我那天在女儿的成长日记里是这样写的:

我不奢望我女儿长大当科学家,当歌唱家,当舞蹈家……我只要她能够像正常人一样看周围的一切,我就心满意足了!

如果你问我当妈妈的味道怎样?我认为,妈妈的味道确实五味杂陈。对我而言,我执着地治疗女儿的这件事情就是我当妈妈以来最好的味道。

吴奶奶的银手镯

【导读】吴奶奶的银手镯是老银子打的,手镯的上面有几朵浮雕的兰花,惟妙惟肖,独具匠心。可见,吴奶奶的银手镯流淌着的是她山高海深的爱情。也可以说,银手镯这只看似纤细的装饰物,让吴奶奶的生活在享受尊贵典雅的同时,也包含着鲜为人知的隐私。

吴奶奶躺在床上,她面黄肌瘦,手抚摸着戴着的银手镯,嘴里轻轻的呼唤着呼保意爷爷的名字。儿子呼紫洋说:娘,你还想着爸爸。吴奶奶说:我这辈子就想着你的爸爸呼保意。

吴奶奶的这一只银手镯,就静静地套在她的手腕上,与她老人家相依相伴了几十年。每当看见一个熟悉的人,吴奶奶就伸出干枯如树枝般的手和人家握手,最吸眼球的当然是那只银手镯了。

吴奶奶的银手镯是老银子打的,手镯的上面有几朵浮雕的兰花,惟妙惟肖,独具匠心。可见,吴奶奶的银手镯流淌着的是她山高海深的爱情。也可以说,银手镯这只看似纤细的装饰物,让吴奶奶的生活在享受尊贵典雅的同时,也包含着鲜为人知的隐私。

吴奶奶的银手镯是她丈夫对她无限的爱怜和呵护。根据我和吴奶奶的儿子呼紫洋的接触,我才慢慢地揭开这个秘密。

吴奶奶年轻的时候,长得可漂亮了。乌黑飘逸的头发,瓜子型的脸蛋上是柳叶眉,樱桃小口里,长着伶牙俐齿,豆芽型的身体凹凸有致。加上她又是大户人家绸缎庄吴奎的掌上明珠,琴棋书画,样样精通,真是人见人爱啊。

吴奶奶长到年方二八时,来提亲的人踩碎了门槛,可是,这些公子哥们吴奶奶一个也没有看上。这里面,就包括绸缎庄掌柜玉勋的公子哥。虽然吴奎夫妻俩对掌柜玉勋的公子哥玉书人长相还算满意,但觉得人品却不是很好,换句话说,把女儿交给这样的公子哥,吴奎夫妻总觉得不放心。吴奎富甲一方,却为了女儿的婚姻大事愁眉苦脸。

这一年的农历十月十六,是瑶族的传统盘王节。人们载歌载舞,庆祝盘王开天辟地的丰功伟绩。按照惯例,抢花炮是庆祝活动的压轴戏。盘王庙前面,人山人海。有卖香纸烛炮的,有卖水果糕饼的,有卖衣服鞋帽的……人们像磁铁般涌向盘王庙广场。好家伙,一个高达5.58米,最宽处为1.08米的大花炮矗立在广场的中央。花炮由三节组合叠装而成。花炮的外衣可漂亮了,竹制的外框,它集木工,绘画,书法,雕刻,织锦,挑绣,扎花,插花,等等十多种工艺美术技巧做成五彩缤纷的大花衣服。许多年轻男人把大花炮围得里三层外三层。个个摩拳擦掌,准备大展身手。最外面的观众朋友把目光集中在抢花炮的精彩的过程中。三声牛角号声后,花炮被炮手点燃,象征幸福吉祥的炮心红球像闪电一样,直冲天空。瑶家汉子们望着天空中的红球估计会掉落在什么地方,便一拥而上,你争我夺,蔚为壮观。这天,吴奶奶也和佣人小莲在饶有兴趣的观看。一个相貌堂堂的高个子年轻人,引起了吴奶奶的关注。当炮心红球像被打中的鸟儿一样做自由落体运

动时,高个子年轻人像一条泥鳅般地在人群中穿来穿去。突然高个子年轻人被掌柜玉勋的公子哥玉书绊倒了,眼看就要跌了个嘴啃泥,吴奶奶不由得为高个子年轻人捏了把汗,显得很着急。就在一刹那间,高个子年轻人来了个鹞子翻身,说了声起,一个轻功如燕子一样敏捷,就把炮心红球收入囊中。众人都说好。顿时掌声雷动。吴奶奶心里才一块石头落地。佣人小莲把这些都看在眼里,记在心里。

事后,佣人小莲找到高个子年轻人,机灵的说:我们家小姐想见一见抢到花炮的英雄。高个子年轻人说:在下本地蓝山人,名字叫呼保意。今天幸会你家小姐。佣人小莲把呼保意带到一家茶楼,吴奶奶此时此刻双脸如红霞飞满天了。小莲找了个借口出去了,包房里只剩下吴奶奶和呼保意两个人。他们面窗而坐,开始了互相倾听爱慕之心。也就在这天,他们互相换了定情的信物。呼保意送了一只银手镯给吴奶奶,吴奶奶送给了呼保意一个自己绣的荷包。

就在吴奶奶和呼保意爷爷结婚的第三年,他们有了一个儿子呼紫洋。由于军阀混战,民不聊生。吴奶奶家道中落,生活在水深火热中。有一天,呼保意爷爷正在煤矿打工,就被国民党军抓壮丁抓去当兵了。可怜的吴奶奶就这样守着呼保意送的这一只银手镯过日子。再后来,吴奶奶听人家说,呼保意爷爷和蒋介石的部队去了台湾。

可以说,这只银手镯是吴奶奶始终不寐的思念,呼保意爷爷半个世纪的音信全无,这一个个不眠之夜,吴奶奶天天想,夜夜盼着呼保意爷爷能回家团圆,半个世纪的用心良苦等来的却是一次次的失望。这一只银手镯苦苦地支撑着吴奶奶心中的梦想,一次次抚平了吴奶奶千疮百孔的心。

有一天,县侨台办的同志来到吴奶奶的家里,说是有一个蓝山的台湾同胞要找一个叫吴晓丽的人。吴奶奶听说是从台湾来的信,像大病初愈一样,从病床上挣扎起来说:我是吴晓丽,我丈夫确实跟蒋光头去了台湾,可是我的男人叫呼保意。你们是不是搞错了,眼睛从有了光芒变得黯淡无光。县侨台办的同志的同志说:大娘,名字和地址都没有错,正是找你的。吴奶奶说:他怎么改了名字呢?呼紫洋,快快,打开信看看,我的呼保意,你让我等得好苦。信打开了,里面是一个荷包和一张相片,四张信纸。吴奶奶用颤抖的手拿起荷包说:保意真是个有心人,珍藏得这么好。这是我一针一线绣给你爸爸的信物。我的保意,几十年了,你还好吗?你让我魂牵梦萦了不一个世纪,我以为这辈子再也见不到你了。吴奶奶声音哽咽了。随后,她仔细的端详着照片。哈哈还是老样子,这个高个子,消瘦而英俊的脸,深深的眼睛如一潭秋水,保意的右眼角有一颗黑痣,你们看,对吧。呼紫洋当着大家的面读了信,大意是:女妇(瑶语老婆的意思),我自从被国民党军抓壮丁后,跟蒋介石去了台湾。因为在情报部门工作,所以,改名为蓝山。自己从始至终就只有吴晓丽这个结发妻子,和许多在台湾荣民之家的国民党老兵一样,希望在有生之年,叶落归根,和亲人团团圆圆。吴奶奶说:儿子,你马上给你爸爸写一封信,让县侨台办的同志帮忙寄到台湾去,我和他的心心心相通。随时欢迎他回家。连同这个银手镯寄去,回忆往日的温情。

不久,呼保意从台湾飞回大陆,在一个月儿圆圆的晚上,呼保意和吴奶奶穿着结婚的礼服,呼保着绅士翩翩的把银手镯戴上到吴奶奶的手上。他们的爱情罗曼史,在海峡两岸一时间传为佳话。

(本文发表在广西《贺州文学》2015年第3期。)

你的灵魂在哪里

【导读】你的灵魂在哪里？是老全老婆媚娘对老全的叩问。老全是一个包工头，女人是老全的情人。知道老全外面有情人，媚娘是最后一个了。她不知道老全有这么一手，藏得这么好，以至于那个女人跟了老全这么多年，自己还被蒙在鼓里。

老全从香烟盒子里抽出来一支烟。这是他喜欢的烟，红塔山。

老全从裤兜里取出防风打飞机，嗒一声，香烟就点着了。烟雾从他的鼻子和嘴巴里吐出来。

我喜欢你身上淡淡的烟草味道。女人很享受地闭上眼睛，像猫咪一样，粘在他的怀抱里温存。

女人握着老全的手，仔仔细细地看着他。女人看见他夹烟的右手的两个指头已经被烟熏黄了。男人等她看够了，把烟的过滤嘴又放进嘴里。

女人从背后抱住了老全。一头秀发都粘在他的肩膀上。女人头发的香水味道和男人的香水味道交织在一起。

女人把手伸过去，老全很宠她，无可奈何地把烟给了女人，女人接过老全的烟吸了一口。

女人是老全的情人。老全是一个包工头，他在一个饭局上吃饭。饭后，他点上一支烟，赛过活神仙。女人那个时候是这个酒店的服务员。女人进来上酒的时候,看见了老全。眼睛里就怔怔地看着他。一起吃饭的朋友就知趣地一个个找借口溜了。包房里就剩下他们两个人。

老全一看,刚才还是推杯换盏的,现在怎么冷冷清清了。哦,原来他们早溜了呀!眼睛前面是一个豆芽型的美人胚子。穿着青花瓷般的旗袍,染成黄色的头发散发出浓郁的香水味道,女人的皮肤白得像牛奶。女人轻启朱唇说,我喜欢你身上淡淡的烟草味道。老全就是这样认识女人的。那个晚上,老全又从女人的身上找到了激情。

老全的老婆媚娘却不喜欢他抽烟。老全一掏烟,媚娘就噘起了嘴巴,你个烟鬼,你少抽点行不行?抽烟对你不好,对大家都不好,你还让我抽二手烟啊!你早晚会被烟害了。媚娘喋喋不休地说着,自己进另外一个房间看电视去了。

媚娘还帮他买来戒烟的器具,让老全戒烟。老全坚持了半个月,觉得太痛苦了,他抽了个空,就去找了女人。女人的房间里放着他喜欢的红塔山。女人说,我好久没有闻到你身上淡淡的烟草味道了。

女人用涂了紫色指甲油的兰花指,抽出两支烟,自己一支,老全一支,点燃了,猛吸一口,长长的吐出一串烟雾。老全现在觉得女人现在就是她的香烟了,他已经戒不掉了。当老全冲洗了澡,走进卧室的时候,女人已经全裸着,像从香烟盒里抽出的一支烟一样,等着他抽。老全眼睛都看直了,他感觉到女人就像一支充满神韵的烟,渴望着他贪婪的吞云吐雾。那天他们温存了很久。

知道老全外面有情人,媚娘是最后一个了。她不知道老全有这么一手,藏得这么好,以至于那个女人跟了老全这么多年,自己还被蒙在鼓里。

亲朋好友都劝媚娘要快刀斩乱麻,要老全和那个女人断了。媚娘的弟弟说,我去狠狠地去教训一下那个狐狸精,让她长点记性。

媚娘摆了摆手说,男人总要到外面闯时间,外面灯红酒绿,他总有迷惑的时候,他玩腻了,就会想家,就会收心的。

老全被查出患有肺癌,已经是晚期。医生对媚娘说,回去给他吃好点,该享受的尽量满足他。

老婆媚娘就放开声音哭。老全说,哭什么哭,人都有一次死,不会死两次的。帮我点一支烟来。媚娘这次没有骂他,很听话的照做了。

媚娘拿了香纸烛炮到老全的坟上烧纸,今天是老全离开人世的七七四十九天,按家乡的风俗,得去老全的坟上祭奠。

山坡上,草木茂盛,鸟儿嘎嘎的叫着。老全的坟上已经有了淡淡的绿色。

媚娘发现老全的坟上已经有人来祭奠过了。烧着的纸灰,然着的香烛,散发出烟雾。她还发现墓前面供着一包红塔山香烟。

媚娘说,老全,你说,你的灵魂在这里,还是在那个女人那里?如果你的灵魂在那个女人那里,她为什么还来这里看你呢?

鸟　窝

【导读】鸟窝这个道具，是女人和男人爱情的见证。当男人要和女人离婚时，女人不甘心。女人又看了看鸟窝。从衣兜里拿了条绳子出来。女人把绳子丢到树干上，打好了结。女人心里说，想不到自己当年和男人相爱的地方现在却成了她的葬身之地。

女人默默地向那个山梁走去。山是南方典型的喀斯特地貌。长满了一簇簇的灌木。偶尔有石头露出来。杂草丛生的羊肠小道，这条路她好久没有走了。

女人想起以前和男人到山上砍柴时的情景。他俩拿了镰刀，挑着扁担，早早地顶着红红的太阳入山，一前一后，说说笑笑。

空荡荡的山谷里，仿佛只有他们两个人。静悄悄的，偶尔有飞禽走兽的声音。男人浑身有使不完的力气，一双手臂露出健美的肌肉，镰刀上下挥舞，一根根的好柴就横七竖八的丢在身后。男人心疼女人，让女人在后面拾起柴火，堆积起来。间或，看见女人拿一个水壶和红薯走过去。男人用毛巾抹了抹汗水，接过女人的红薯，剥开皮，黄黄的薯肉就在嘴巴里吧唧吧唧的嚼开了。男人吃了几口，看了看女人，女人看着他吃。男人把吃了一半的红薯塞进了女人樱桃般的小口里。女人一脸的灿烂，细细地嚼着甜甜的红薯。男人吃饱了，拧开水壶，咕嘟咕嘟地喝水。当然，也把水壶举到女人的嘴边，让女人开心地解渴。男人喝好了，唱着山

歌,又继续上下挥舞镰刀。女人拿了藤条,捆起了柴火。忙完这些,男人才舒坦地躺在郁郁苍苍的树冠下休息。女人惊讶地叫,"鸟窝,鸟窝——"

男人半睁开眼睛说,乌鸦的窝。然后男人要爬起来,说是要掏鸟窝,掏鸟蛋,给她补补身体。

女人把身体斜靠到男人身体上说,彬彬,别,你看人家是出双入对,我不让你动它们的爱窝。就让它们生儿育女吧。

男人点点头,把女人搂进怀里。

"嘎……嘎……"乌鸦的声音把女人从回忆的目光中收回。

女人瞅了瞅,自言自语地说,这不是以前砍柴休息的大树吗?

树上的鸟窝像她给男人打毛衣的线团般牢牢地挂在树叉上。四只乌鸦在光秃秃的枝条中往来穿梭。

一阵秋风吹来,女人不禁打了个寒颤。女人看见大大小小四只的乌鸦飞进了鸟窝。

女人想,乌鸦在这天寒地冻时候,还有家来进。自己现在却是孑然一身。原来。女人的男人三年前,到城里打工,跟一个年轻漂亮的打工妹好上后和她离婚了。

女人又看了看鸟窝。从衣兜里拿了条绳子出来。女人把绳子丢到树干上,打好了结。女人心里说,想不到自己当年和男人相爱的地方现在却成了她的葬身之地。转念一想,能够在和和美美的乌鸦窝下死,也算心有所归了。

女人悲伤地闭上了眼睛,套上了绳子。女人想,如果有来生,再爱一次吧。

女人醒来,发现自己躺在一座茅草房里。女人爬了起来说,我这是在哪里呀!她看见房子里吊着野鸡、野兔、野鸭等野味。女人饿了,她打开了灶上锅里的盖子,香喷喷的野鸡味道,扑面而来。女人抓起一个鸡腿就啃起来。女人等待了一天,她没有发现有人回来。女人想,这个救她的人是谁呢?女人发现凳子上有一件破衣服,就穿针引线补好了。然后,女人拿扫把把屋子打扫干净。

第二天,女人早早地起来做饭,她想这个人去哪里了,他为什么没有回来。我得为他做好早饭。但是,女人和昨天一样,没有发现有人回来。

接连几天都是这样。女人看着自己现在的状况,决定把事情弄个水落石出。人家救了自己的命,自己好歹要涌泉相报啊。

女人就出了茅屋,关好门,自言自语说,好心人,谢谢你,救了我。然后,头朝地磕了三个响头。慢慢地下山去。

女人是在日头落山的时候,折返回来的。她经过乌鸦窝的那个时候,乌鸦们已在窝里栖息了。

女人发现远处的茅草房里炊烟袅袅。女人想,主人应该回来了。女人禁不住加快了脚步。当然,她的步伐是轻轻的。

女人隔着窗门往里面看,看见一个蓬头垢面的男人正在烧火做饭。他慢慢地站起来,走到床底下,摸出来一个鸟窝,又从鸟窝里摸出一个小本本,看了看,然后泪流满面。

女人推开柴门的时候,看见这个男人一脸惊讶。他发现女人回来,连忙低下了头。女人左左右右端详了很久。

女人说,别躲了,我知道你是彬彬。

这个男人才说,是我。

女人说,你不是和一个年轻漂亮的狐狸精跑了吗?怎么会回到这个荒山野岭来。

男人沉默不语。

女人说,呵呵,被人家一脚踹了吧。

男人说,对,你为什么这么傻,男人不要你你就上吊去死。难道你愿意只在一棵树上吊死。

女人说,是啊,因为我的心中老是出现鸟窝的动人情景。鸟能如此,人为什么就不能够做到。男人说,可是我做不到。你走吧。我们缘分已尽。男人起来要女人走。

女人说,要我走也可以,你要答应我一个条件。

男人说,只要你走开,十个条件也答应你。你说吧!

女人说,我想最后和你喝一次酒。

男人说,这个条件我满足你。

女人就过去,和男人一起一杯一杯的喝酒。几杯酒过后,男人就醉了。女人把他扶到床上。男人鼾声如雷。

女人才趴下身体,钻到下面,拿出个鸟窝来。女人一看也泪流满面。

第二天,男人对女人说,我说到做到,你走吧,走得越远越好。

女人说,别装了吧。你在外面压根就没有漂亮女人。你面临的痛苦为什么就不让我分担一点点。

男人说,你都知道了。

女人流着泪水说,是的。原来女人在男人的鸟窝里发现了一本病历本和医院的诊断书,上面写者,彬彬,患癌症晚期。

女人问,是假的吧!

男人说,是假的。

女人问,是骗我的?!

男人说,是骗你的。

女人哭了。

男人笑了。

女人说,你就是一个骗子!

男人说,嗯,我是一个骗子。

女人说,骗子都是坏蛋,坏蛋都会长命百岁!

男人说,是呀,那可怎么办呢。

女人噗嗤笑了。泪花还挂在腮帮子上。

男人也笑了。忍不住伸手想把那颗剔透的珠子摘在手心。

(本文发表在《小小说出版》2015年第2期。)

同学的爱情你别猜

【导读】爱情是永恒的话题。每个人的恋爱过程,有的闪婚;有的要三易其人;有的分道扬镳,一拍两散;有的善始善终……你对你的同学了解多少?对他们的爱情你了解多少?作者建议你同学的爱情你别猜。因为结果会让你眼镜大跌。

在高中一个同学的婚宴上,我看见了老同学佳高。他高高的个子,瓜子脸,风采还和原来一样很潇洒,人更加成熟了。读书那会儿,我们都叫他标杆子。

让我大跌眼镜的是,佳高这样的一个美男子,他的妻子喜燕却像一个松树果。三泡牛粪高,胖墩墩的身材。眼睛有点斜视。人家结婚都讲究男才女貌,叮叮配当当。佳高这是在花园里看花眼了。

后来在一次同学聚会。我私下问佳高。老同学,你一表人才。

还是我们大学的学生会主席。嫂夫人喜燕却如此丑陋。我想听听你们的罗曼史。

佳高说：其实我大学时，追的是校花翠琳。翠琳身高一米六八，身材如豆芽。一笑起来，就露出可爱的酒窝。翠琳当时是市国税局局长的千金。她毕业后，她爸动用关系网络，让她成功留校任教。我却被分回了老家农村偏僻的一所中学。我当时真的对翠琳爱得很深。希望和她海枯石烂永不变心。没想到，我不在她身旁的日子。有一些其它单位的男人和她拉拉扯扯。翠琳经不住一个虎背熊腰，聪明绝顶的一个死了老婆的科长的诱惑，做了人家的填房。我当时就气得跑到了湖旁边，准备跳水。没想到遇到了喜燕。喜燕发现我低着头，眼神痴痴地，就一直跟着我来到了湖旁边。一个弱女子，她救了我。于是，出于感恩，我就娶了喜燕。

我说：女子无才更是德。你和嫂夫人喜燕是缘分。佳高说，对！百年修得同船渡，无缘对面手难牵。

不久，我参加另一个同学为儿子办的满月酒。佳高有事没有来喝满月酒。在吃饭前，我和嫂夫人喜燕唠嗑。过去我听说过英雄救美人。原来，嫂夫人还上演了一场巾帼救美男的故事。

喜燕说：你别净听他瞎说。其实我们的爱情是误打误撞。一天，我在路上看见了一个老妈妈被一辆车子撞倒后逃了。我过去扶起了老妈妈。并打了120急救电话。到医院后，我拿钱帮老人垫交了住院费。在照x光、查验血等等的繁琐事情中，我都形影不离老妈妈。得知老妈妈要急输熊猫血时。和我的血型一样。我毫不犹豫地挽起了衣袖，让医生抽取了300毫升血。老妈妈的儿子赶来时，老人对儿子佳高说，你今后找媳妇，就要找这样孝顺的。那个市国税局局长的女儿有个鸟用。简直是个花瓶。嫌弃我这个农村的老人穷啦、脏啦，是个药罐子啦，还和城里的男人勾勾搭

搭，成何体统。这个事情过去以后，佳高在他的妈妈的操持下，就和我热乎上了。

我对喜燕说，你是邂逅了佳高的妈妈，才征服这个美男子的？

我听到佳高和喜燕的结合的不同的版本是在三个月后。佳高单位的领导亲口告诉我的。

佳高单位的领导用手捂住我的耳朵，又左左右右看了看说：这个事情是这样的！佳高当年爱的是一个校花翠琳，自己却分到了老家的农村小学。那个时候交通不方便。要走十多公里山路，才能到乡政府坐车出去县城，然后转车到市里去会翠琳。佳高是个有血有肉的男人，在乡下孤独寂寞。佳高脸上是红红的青春相思痘，胡子像飚草般地出来。荷尔蒙正是强的时候。他常常一个人默默地走在山间小路上。望着夕阳慢慢地沉下去，老鸦嘎嘎地归巢。而自己却失魂落魄。学校附近有一条小河。淙淙的河水没日没夜地流着。他听见有人正在用棒子捶打衣服的声音。连忙寻声去找。正在洗衣服的，女人不是很高。皮肤黑黑的，不过人长得很丰满。她正蹲着身体，右手上上下下挥动着棒子。胸前有鼓鼓囊囊的东西在有节奏地一动一动。佳高以后就有了傍晚到河边洗衣服的想法。后来他和这个叫喜燕的女人一起去农村看电影。在一个月黑风高的夜里。佳高就把这个松果般的女人给睡了。这个事情以后，佳高感觉委屈了自己。开始找借口疏远喜燕。可是喜燕是个有心眼的女人。她现在不是原来的那个水蛇腰一样的姑娘了。现在她腰板硬了怎么能够让男人甩掉呢？佳高看见生米煮成熟饭。只好和喜燕结了婚。

老同学的爱情，只要他们自己才知道！我没有必要再说长道短。祝贺他们百年好合！

七斤奶奶

【导读】作者以我的视角,写了惧怕七斤奶奶。怕她干什么?难道她是老虎不成?原来,七斤奶奶的左眼睑,满是疤痕,上眼皮和下眼皮肉翘起,灰紫色的眼珠似乎要掉下来一样。这个丑八怪是怎么变成的?十三岁的七斤奶奶正在编织瑶绣,在这夜深人静时,第一个发现了大火的灾情。她大声呼喊:"救火呀!快来救火呀!"并第一个冲进大火中去扑火。当大火被扑灭时,全村的粮食保住了三分之二。可七斤奶奶在扑救大火时,被一根房梁砸倒,左眼睛正对油缸,被花生油灼烧成现在这个丑模样。我对七斤奶奶由怕产生了无限的敬意。

  七斤奶奶是我家隔壁的邻居。她现在已经是七十五岁的老人了。她这一辈子终身未嫁,孑然一身。

  我很怕见到七斤奶奶,但并不是七斤奶奶对我们不友好,也不是她对我们过于苛刻。相反她对我们村的孩子们可好了。只要七斤奶奶有点好吃的东西,她都要拿出来,分给孩子们吃。每当农忙时节,七斤奶奶一看见有谁家忙不开,就主动去帮乡亲们放放牛,养养羊。记得在夏收时节,六月天,孩子脸,说变就变。看,天空上已经乌云密布,可乡亲们还在田里打谷子哩。早在晒坪里忙着赶麻雀,理稻谷残留叶的七斤奶奶就拿刮子帮乡亲们收稻谷。当乡亲们赶来时,一起把稻谷收好,让黄澄澄的稻谷幸免于雨水的洗礼,七斤奶奶才露出了欣慰的笑容。

你也许会问,这么慈祥的老人,怕她干什么？难道她是老虎不成？实话告诉你们吧,七斤奶奶的左眼脸,满是疤痕,上眼皮和下眼皮肉翘起,灰紫色的眼珠似乎要掉下来一样。我们村的孩子们都怕看到她。即使七斤奶奶满面笑容的拿着好吃的饼干呀,糖果呀,香蕉呀等等,嘴馋的孩子们就会战战兢兢地拿了东西四下散去。连一句谢谢的话都没有说,对此七斤奶奶并不计较。而今,七斤奶奶已经老态龙钟,头上满是白色的头发,脸上布满了皱纹,背微微驼了。还不停的咳嗽,走起路来蹒蹒跚跚的。

娘见我和小伙伴们那么怕见七斤奶奶就找了个机会开导我们。有一天,她看见我们村的孩子们都在我家里玩。娘就问:"孩子们你们觉得七斤奶奶好不好？"我和小伙伴们都异口同心说:"好。"娘又问:"那现在七斤奶奶老了,没有丈夫,无儿无女的,年轻时七斤奶奶给了许多关爱给我们,给了许多帮助给我们,今天是星期天我们一起去七斤奶奶家帮帮忙,好吗？也算是一种感恩吧。"

我带头说:"我不去,打死我也不去。要去你自个去。"

娘就开始大声的斥责我们。她还意味深长的给我们讲了七斤奶奶小时候的一个故事。

原来,七斤奶奶小时候出生在一个贫困瑶民的家里。那时候没吃没穿,七斤奶奶在怀她的时候并没有摄取什么丰富的食物,但她娘生下她时,足有七斤重,因此,大家都习惯叫她七斤。七斤奶奶小时候,长得很漂亮,葱葱般的玉手,窈窕的腰身,白白的牙齿,娇美的容貌。七斤奶奶长到十二岁时,心灵手巧的。她织的瑶绣精巧细致,着色匠心独运,色彩搭配和谐,图案组合新奇。我们村的大人们说:"七斤长大了,将来一定能找到个好丈夫。"娘说到这里时,语气开始由高兴变成忧愁了。

这是六十年代初的一个秋天,秋高气爽,天干物燥。我们村生产队的仓库突然着火了。一时间,浓烟滚滚,火光冲天,空气中弥漫着一股焦味,肆虐的火苗好像要吞噬人们一年辛辛苦苦种下的劳动果实。十三岁的七斤奶奶正在编织瑶绣,在这夜深人静时,第一个发现了大火的灾情。她大声呼喊:"救火呀!快来救火呀!"并第一个冲进大火中去扑火。当大火被扑灭时,全村的粮食保住了三分之二。可七斤奶奶在扑救大火时,被一根房梁砸倒,左眼正对油缸,被花生油灼烧成现在这个丑模样。幸亏被大人发现及时,才幸免于难。娘说到这里时,话语哽咽,我们也流下了泪花。从此,七斤奶奶就由一个俊俏的瑶乡妹子,变成了一个"丑小鸭"了。后来有男人向她求过婚,但她一个也没有应允。

　　娘的故事讲完了。小伙伴们对七斤奶奶产生了无限的敬意。纷纷跟娘到七斤奶奶家中,有的帮她扫地,有的帮她提水,有的帮她捶背,有的帮她洗衣服,有的唱歌给她听。七斤奶奶热泪盈眶,好人终于有好报呐。这种活动一直持续到七斤奶奶去世。

　　(本文发表在广西《贺州文学》2014年第1期。)

乳　娘

【导读】语言平实,叙述流畅,讲述主人公红花为了保护八路军伤员和敌人斗智斗勇,险象丛生,为了救助亲人,放弃个人小节,不顾女人独有的羞涩,用乳汁代替食物的感人故事为故事主线,树立一个中国妇女为打敌人大公无私的形象。是篇正能量好文!

　　天快黑下来的时候,红花把一朵白花别在发上,丈夫和儿子在战争中死了。她拿了个黑不溜秋的瓦罐,前后左右看了,确信没有人跟踪,才迈开步子离开村子向山里走去。

　　青花瓷样的衣服裹着红花单薄的身体。敌人的扫荡让老百姓的日子过得紧巴巴的。

　　红花前年和大牛结婚了,几个月前刚生了个大胖小子。现在红花的脸、眼、唇、下巴、手臂和大小腿都给人胖了些的感觉。红花的身体就三个纺线机那么高吧,生了孩子后,身体显得圆嘟嘟了一些。黝黑的脸像十五的月亮,给人一种亲切的感觉。她见了人就咧开嘴笑,牙齿像咧开的石榴样好看。红花常常沉浸在产后的充盈与幸福中。

　　乡亲们打红花身旁走过,一股乳汁的芬芳浓郁绵软,沁人心扉。红花的乳房硕健饱满,躲在青花瓷的衣服背后格外醒目,而乳汁也就像一眼泉水,给人以用之不竭的印象。

红花奶孩子场面格外圣洁。她弯下腰,把孩子抱起来,窸窣地解开扣子,把儿子虎子的头搁到肘弯里,尔后将身子贴过去。等儿子衔住了乳头才把上身直起来。红花喂奶总是用眼睛出神地看着虎子,嘴里不停地哦哦地呓语。一只手抱着,一只手轻轻地拍着他的后背。红花的乳房白白的,乳头红而带黑色,因乳水的肿胀洋溢出博爱的母性,天蓝色的血管若隐若现。儿子虎子吃奶时总有一只娇嫩的手扶住妈妈的乳房外侧,嘴唇轻轻地吮吸。奶的美味让虎子在满足中,甜甜的进入了梦乡。

庄户人家,过日子不求大富大贵,平平安安就中,不曾想日本侵略者搅了红花和乡亲们的美梦。

红花看见日本侵略者在家乡烧杀抢掠,无恶不作,特别是虎子在侵略者的一次扫荡中啼哭,吸引了侵略者前来,丈夫为了救一个八路军伤员,抱着虎子引开了敌人,死在了日寇的枪下。

红花穿过一道山梁,前面碰到了两个敌人,一个手里握着一支枪,一个手里拿着狗皮膏药旗走过来。他们和扫荡的部队走散了。敌人已经发现了她,嘴里花姑娘,花姑娘地叫。

红花想,糟了! 脚就飞快地跑起来。敌人叽里呱啦地说,抓活的,抓活的!

红花手里提着的罐子里面装的是一些米糊,清得可以看见人影。红花一边走,感觉罐里面米糊晃荡得厉害。

到底是山里长大的人,这里的地形红花了如指掌,她还是不敢大意。如果被敌人抓住,自己就惨了。

红花手里紧紧地提着罐子,从一个斜坡滑了下去,感觉罐子在石头上磕碰了一下。她巧妙地躲在了荆棘草丛里,大气都不敢出。敌人晕头转向地找,只好灰溜溜地走了。

红花确信敌人已经走远了。才站起来,顾不得拍身上的泥、荆棘,而是顶着镰刀般的月亮,深一脚浅一脚,向山洞走去。

　　山洞的洞口很隐蔽,杂草丛生,一般人是很难发现的。红花拔开葱茏的灌木,走进了洞里。她用火柴点燃了火把,红红的火焰照见了洞里美丽的石钟乳、石笋。

　　红花把火把插在石壁的石缝里。对一个卧着的受伤的八路说,饿了吧,刚才路上碰到了敌人,所以来迟了。红花抱着八路艰难地坐起来,准备把罐里的米糊倒进碗里,喂给八路吃。

　　罐子里已经空无一物。罐子不知什么时候已经磕破了。她把嘴巴撅起老高,嘴里骂了句,混账敌人不得好死。她丢了罐子,哐当的一声。

　　红花看了看八路昏迷的神情,嘴唇干裂,她心都碎了。红花感觉自己的乳房胀得厉害,蹲下身子,窸窣地解开扣子,浑圆饱满的乳房一览无余地呈现在八路面前。八路被那股奶香裹住了气味弄得心碎,那是母亲的气味,至高无上的气味。红花摸着八路的头,柔声说:吃吧! 养好伤好上前线打鬼子。八路嘴动了动,那只让他梦魂牵绕的母亲和他近在咫尺,就在鼻尖底下,触嘴可及。

　　八路微睁开眼来,那因乳水的肿胀洋溢出博爱的母性的乳房,天蓝色的血管若隐若现。他一张嘴眼睛里就汪满了眼泪,脸上又羞愧又惶恐。红花说:你吃吧,吃呀! 衔住了,慢慢吸。养好伤为我虎子报仇! 八路把头靠过来,嘴像虎子一样吮吸着又红又黑的奶头。天蓝色的乳汁刹那间注入了八路干巴巴的嘴里,温暖而有点点冰凉。

第五辑

抽刀断水水更流

这辑小小说，写的都是小人物的命运。如三姐秋花、嫂子、绣女花妮、卖烧烤的于亮、剃头匠、修表匠等等。作者信手拈来，写他们的爱心、叛逆，写他们的情感、态度、价值观，写他们内心的空白与混乱……莫衷一是。这些就是社会万花筒。人性在作者的笔下鲜活起来，让你感觉他们就在我们身边。

三　姐

【导读】三姐是不幸的,他嫁错了郎,这个男人是一个赌鬼,又是一个烟鬼、酒鬼。还是一个嫖客。对三姐非打即骂。三的女儿看上了三姐的儿子姐又是幸运的,她后来与赌鬼离了婚。和一个广东的小包工头结婚了,开始了新的生活。好事情来的时候,谁想拦也拦不住,喜事接踵而至。一个华侨的女儿看上了三姐的儿子酷。三姐苦尽甘来。

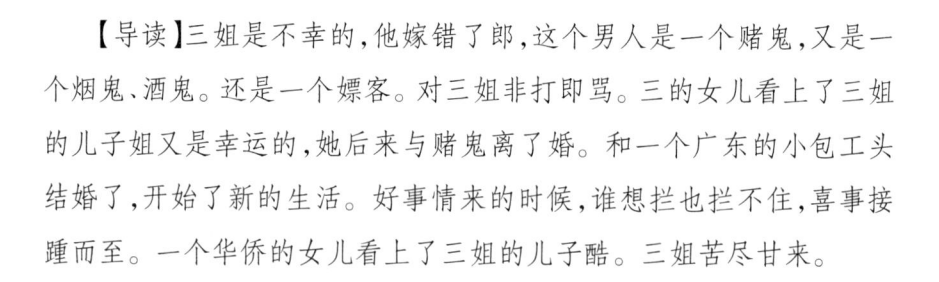

三姐秋花的丈夫是个本地人。他是一个赌鬼,又是一个烟鬼、酒鬼。每天都到赌场去赌钱,在昏昏沉沉的赌场里,三姐夫吞云吐雾。他赌输了就去醉仙楼去赊酒喝,喝得一塌糊涂。

三姐夫的脸就像一个关公一样,东倒西歪的打着醉拳回到家,然后和衣而睡,他躺在床上一会儿说水——水。三姐秋花就帮他倒水,一会儿,又吐,白色的带着难闻气味的呕吐物,哇哇地吐了三姐一身。秋花眼睛里含着泪水,陪着他到天亮。等三姐夫醒来。丈夫又要拿东西去卖,筹赌资。一夜没有合眼的三姐说了他几句,三姐夫抡起拳头就打她,三姐常常身体上有淤青。秋花是个爱面子的人,对这样的事情总是心太软,独自一个人去承担,兜在肚子里。

有时候,人家看见她脸上有伤疤,大家问她,是三姐夫打的吧,三姐摇摇头说,不是,是自己不小心碰伤的。大家就长长的叹了一口气。

三姐夫赌赢了,就拿了钱,夜不归宿,到县城里的风月场所找小姐,叫那些破鞋帮洗头、洗脸、按摩,跟这些性工作者唱歌、喝酒、上床。他认为,只有去找了别的女人过夜,才能够帮他的赌钱带来好运。让他财源滚滚来。

三姐秋花的生活就这样暗淡下去。她终日以泪洗面。

再后来,三姐就忍无可忍,偷偷地在口袋里留了一些钱,到福莲镇上拦了一辆公共汽车,转车去了广东江门新会。刚开始,二姐跟着一个小包工头砍甘蔗。一个多月,累死累活的,能够得到1000多块钱。这个收入,三姐很满意,这些可是家里一年的收入呀!这个小包工头看见三姐能够吃苦耐劳的,人也有几分姿色,就跟她好上了。

原来这个小包工头的老婆早就死了,只有一个前头的女儿。三姐就这样和小包工头同居了三年,才回来和赌鬼丈夫离婚。说实在的,三姐原来是舍不得离开跟酒鬼生的一男一女的,毕竟是自己身上掉下的肉,她也舍不得这个摇摇欲坠的家,人总是讲感情的嘛。但是现实有时也很残酷,她还是要去面对。当她拿着离婚证明走出原来那个家的时候,三姐哭成了一个泪人。

三姐原来也想像父母亲一样和那个赌鬼丈夫白头偕老,从一而终。所谓嫁鸡随鸡,嫁狗随狗嘛。

但是,当那个酒鬼丈夫当着她的面,带一个小姐回来过夜,并且放荡地做爱的时候,三姐的心就碎了。酒鬼丈夫打她,她把苦水吞进了肚子里独自分享就算了。可是,她不能够容忍一个小姐在自己的眼皮低下肆无忌惮的和丈夫鬼混啊。

秋花说,这是我的底线。我没有人宠也就罢了。谁超越了底线,等于在背后捅我的刀子。等于把这个家打得落花流水。

后来的事情告诉二姐,她的选择是对的。

广东的小包工头，后来承包了五十多亩地，种起了甘蔗。一望无际的甘蔗林青纱帐里，现在每一年都有三十多万块钱的收入。三姐在广东新会和广东的小包工头生了一个男孩子酷。今年已经大学毕业了。秋花很欣慰。觉得是苦尽甘来了。

好事情来的时候，谁想拦也拦不住，喜事接踵而至。一个华侨的女儿看上了三姐的儿子酷。三姐说，不知道自己是什么时候修来的福气。这个华侨是福建人，在国民党执政的时候就是做生意的。现在经营一家石油公司，据说每天的利钱都在两万块钱以上。现在他想把女儿交给三姐的儿子酷。酷长得高高大大，模样像郭富城。这个华侨夫妻很欣赏酷。他们甚至免除了三姐家要出六根金条和一大笔钱的聘礼。这个华侨夫妻还答应，只要三姐的儿子和他的女儿结婚，他们出钱帮女婿买一套两百多万的房子，买一辆三十多万的车子，另外再给三十多万的嫁妆。

三姐一脸的幸福。饱经风霜的脸上，终于笑靥如花。

(本文发表在广西《平桂文艺》2015年第1期。)

嫂 子

【导读】嫂子好，像亲娘。她没有嫌弃我大哥穷，和我大哥结为夫妻。但恶运也接踵而至。先是大哥在石场放石炮，发生了意外事故死了。而后是女儿萍萍由发高烧，变成卧床不起了，渐渐地身体变成瘫痪，最后发展成智障。嫂子和智障女儿萍萍风风雨雨，走了74年了。现在她74岁了，抱女儿，抱不动了。但是为了这个家，为了这个孩子，她会把孩子照顾得妥妥帖帖的,她要一直坚持下去。

我嫂子嫁过来的那一年秋天,我们斗米岗很穷。有一句话说,斗米岗大地方,粟米饭放南瓜汤。就是我家乡的鲜明写照。我嫂子没有嫌弃我大哥穷,不顾家人的反对,和我大哥结为夫妻。

后来在结婚第二年夏天,我大哥在石场放石炮,发生了意外事故死了。嫂子就是在这么困难的时候生了个女儿。坐月子里难得看见嫂子吃个鸡蛋,更别说喝口鸡汤了。

孩子的来临,本来应该给家庭带来许多欢乐,可是事情恰恰相反,却是嫂子不幸生活的开端。

她的这个女儿叫萍萍。四个月大的一天晚上,萍萍突然又哭又闹的。嫂子用手摸了摸萍萍的额头,好烫啊！嫂子拿了个鸡蛋,放到锅里烧煮,然后用一小块帕子和一个袁大头包住鸡蛋,她就用这个土方法,帮助女儿退烧。第二天,萍萍仍旧高烧不退。嫂子才像热锅上的蚂蚁般去虎马岭请郎中浦仔来诊治。郎中自然是一番望闻问切,开了药,嫂子照做了,却不见萍萍的病好转。

那个时候由于困难,嫂子没有经济能力送女儿去医院,持续的高烧让萍萍,还不到一岁,就卧床不起了,渐渐地身体变成瘫痪,最后发展成智障。

嫂子常常当着亲戚朋友面喃喃地自责,都怪我这个当妈妈的,没有照顾好萍萍。

丈夫撒手人寰,丢下一个残疾孩子,这生活本来就够糟糕的。嫂子,怎么能够怪你呢?

几十年来,我嫂子的每一天是这么过来的。

"喔喔——喔喔"公鸡叫了两遍,嫂子就起来磨豆腐。然后,嫂子亲切地说,萍萍乖,起床了。她抱起女儿,帮她穿上衣服,梳好头。接着"嘿——喳"一声,用粗糙的双手把萍萍抱到竹椅上。洗脸刷牙,擦洗身体。春风化雨般吩咐萍萍说,乖孩子,你先坐一会,妈妈做饭去了。一会儿喂你吃。

当嫂子端着饭从厨房里过来时,才发现女儿已经从子椅里掉了出来。嫂子飞快地把碗筷放好,看见萍萍在地上有气无力地叫,外人听不懂的话:妈妈——妈妈。我嫂子就像刀割一样痛。

嫂子抹了抹眼泪水,拿起碗,用瓢舀了饭菜,在嘴旁边吹了吹,温热正好合适,嫂子就把吃的喂到了萍萍的嘴巴里。萍萍吃脏了衣服,嫂子就帮她换。吃好了饭。嫂子还要提着臭气熏天的屎尿桶出去倒。

卖了豆腐回来,嫂子又要重复做这样的事情。还多了抱萍萍出去晒晒太阳,呼吸新鲜空气的工作。有时候,我想帮帮嫂子,嫂子说,你个黄毛丫头,去去去,好好读书吧。我就偷偷地过来逗萍萍,说童谣给萍萍听。萍萍笑了,我笑了。嫂子也咧开嘴笑了。

有一天,我嫂子卖豆腐回来,我正在和萍萍说童谣。看见我二哥黑着脸来找她。二哥说,嫂子,这个萍萍是个累赘。让我带她到大山里去算了。你也好再成回一个家。嫂子说,二弟呀,亏你说得出口,萍萍好歹是条命,怎么能够带到大山里喂狼呢?二哥还想说什么,被我嫂子推出了门。我对二哥说,狗拿耗子,多管闲事。我喜欢萍萍。不许你乱来。

几天后,我放学回来,发现萍萍不见了。我哭着跑到外边找嫂子,对她说我发现萍萍不见了。嫂子把锄头一丢,飞快地跑到村里村外去找,看见谁就一路打听。我跟着她去找。嫂子用手做喇叭状喊,萍萍,萍萍你在哪里?当我嫂子垂头丧气时,我意外地看见萍萍被放在一块破被子上,正在撕心裂肺地叫外人听不懂的话:妈妈——妈妈。我把这个消息告诉了嫂子。她三步并作两步走跑过去说,那个短命鬼,把我女儿抱出来受罪,又不要你服侍,关你屁事。我看见嫂子搂着萍萍亲了又亲。停了停嫂子又说,萍萍,妈妈找你找得好苦啊!妈妈现在就带你回去。如果妈妈找不到你了,妈妈也不活了。我帮嫂子擦去了泪水。嫂子说,还是三妹好。没准是你二哥这个打靶鬼干的好事情。我向四周望了望,发现我二哥正躲在一撮撮茂盛的树丛里,大气都不敢出,脸红得像个关公。这事情过去后再没有看见二哥想歪主意了。

2010年冬天,我们斗米岗下了雪,到处白茫茫的。县里民政部门的同志来找我嫂子。我屁颠屁颠地带着他们到我嫂子家。一进门,萍萍正坐在磨得光滑的竹椅上,一身干干净净的衣服,鞋子也干干净净的,头发梳得光彩动人,整个人蛮精神的。原来,民政部门的同志是来嫂子家慰问和评低保工作的。

嫂子接过民政部门的同志带来的礼品和慰问金。吃力地想抱起萍萍,但是,她没有抱起来。只好对着民政部门的同志深深地鞠了一躬。我过来帮助嫂子抱起萍萍,也向民政部门的同志深深地鞠了一躬。他们惊呆了。因为他们看见嫂子53岁的女儿萍萍,双脚紧缩,只有一米二左右的身高,特别是那双鞋子,看上去是五六岁孩子穿的大小模样。民政部门的同志含着眼泪,向我嫂子深深地鞠了一躬说,大娘,你辛苦了。我们工作没有做好,你女儿受苦了。

嫂子说,不辛苦!以前我抱萍萍很容易。我风风雨雨,走了74年了。现在我74岁了,想抱女儿,抱不动了。但是为了这个家,为了这个孩子,我会把孩子照顾得妥妥帖帖的,我要一直坚持下去。假如我以后离开了她……嫂子说到这里,神情黯然失色起来。我说,嫂子我会接过你的接力棒,继续照顾萍萍。

嫂子说,你嫁在本村,多多少少照顾了萍萍不少,嫂子打心

里感谢你。

民政部门的同志说,放心吧！大娘。我们都是萍萍的妈妈。

嫂子听见了这感人肺腑的话,愁眉苦脸一刹那间变成阳光灿烂。我看见嫂子已经泣不成声。这时候,屋外虽然银装素裹,可是屋里却有一股暖流,整个屋里都是暖融融的。

（本文2015年4月24日发表在广西《贺州日报》。）

绣女的爱情

【导读】作品描述秀女情感故事,通过频频的接触,时间的融合让两人牵手。全文自然流畅,情节质朴。本文在绣球中展示"大爱",一切都是那样顺乎常理,发现,吸引,情动,感触、示爱、结婚。一点点的"波澜",在两人交往中设立的一些"情节",阻碍他们情感交往,特别是整篇的思想包袱,让故事"复杂"起来,让作品耐读。

岳鹏走过阳朔西街一个旅游纪念品商店的时候,看见一个个红、黄、绿三色做底的面料的绣球,十二瓣的绣球上,绣满了梅、兰、菊、竹,或者龙凤、春燕……栩栩如生的图案。

岳鹏就走进了商店。他在绣球前面流连忘返,用手拿了一个,仔细端详。他觉得每一个绣球都好看。立体感很强,像鲜活的物,欲喷薄而出。

岳鹏还发现坐在旁边的女孩正在忙着绣绣球。只见她的兰花指上下飞舞,绣球上飞禽走兽栩栩如生。岳鹏一打量这个姑娘,觉得她和绣球一样的美。瞧,漂亮的女孩,红扑扑的脸蛋,像山茶花,丹凤眼,樱桃小嘴,牙齿酷白。看得岳鹏眼睛都直了。

岳鹏不忍心打扰她,走出了这个商店。他记住了女孩的商店名字叫"刘三姐绣球作坊"。岳鹏想,自己要找老婆,就要找像这个女孩一样的。人漂亮,心灵手巧的。

以后,岳鹏就隔三差五的到女孩的商店里。岳鹏就知道了女孩叫花妮,广西靖西人,在西大学习时,一次上街,看见一个小孩横穿公路,眼看就要被车子撞上了,花妮风驰电掣般冲上去,推开了小孩,小孩毫发无损,她自己却截了双腿,安了假肢。后来她在一所中学的食堂称米,当总务。有一次,煮饭的工人偷米、猪肉回家,被花妮发现,教育了一通。那个工人就骂花妮,狗拿耗子多管闲事。你花妮是个残疾人,是只破网上的蜘蛛⋯⋯花妮后来一气之下,辞职不干了,就到阳朔西街开了这家"刘三姐绣球作坊"。岳鹏的家人都阻止他再和花妮来往。他们不想未来的媳妇是残疾人。

岳鹏心里纠结了一阵子。但他又鬼使神差地去看花妮。

花妮看见面前的岳鹏,浓眉大眼,身材如豆芽,完全不是奶油小生的模样。脸马上红得像一红霞。

岳鹏问,这些绣球是你自己绣的吗?

是啊! 花妮一脸的骄傲。

绣绣球复杂吗?

花妮咯咯咯的笑起来,脸上露出了两个小酒窝,你想学绣绣球?

我随便问问。

花妮拿工具示范给岳鹏看。先把布料浆好,再用剪刀裁剪布料,接着在布料上绘上图案,然后是按图样刺绣,用针把成球瓣缝合,填上木糠,拼缝好,就是一个绣球了。

你看明白了?

岳鹏拿工具试着动起了手。笨拙的手让这个男子汉头上紧张得流下了汗。岳鹏不小心针扎了手。花妮看见岳鹏手上流出了艳红的血。

疼吗?

不疼。

花妮拿创可贴帮岳鹏张贴好了。握着岳鹏手的时候,花妮有异样的感觉。

这活,你们男人也想干?

我想写一篇有关绣球的文章,体验生活呢。一来二去。女孩知道岳鹏是河北人,在西大毕业后,应聘到阳朔第一中学当老师。

岳鹏下班或者双休日、假期都到花妮的商店学绣绣球,有时候也帮衬她卖绣球。

这个暑假的一件事情让岳鹏的家人改变了对花妮的看法,"刘三姐绣球作坊"来了十多个大学生,他们都是花妮资助的贫困学子。来感谢这个热心的花妮的。看见是一个残疾人,他们哭了。

这事情震撼岳鹏的家人。花妮首先有才,其次有德。她救人才残疾的,但是她身残志坚。

听说绣球是你们这里的定情物。我送给谁呢?

你想送给谁就送给谁吧!

哦,那我应该买一个。送给我心爱的人。

岳鹏在花妮的手里买了一个。他捧在手里说,谁要是得到了这个绣球谁就幸福!

对啊！你快回去送给你心爱的人啊！花妮说。

真的是喜欢哪个就送给哪个？

是的。花妮扑哧一笑。

把绣球送给她就真的定情了？岳鹏问。

对啊！

这么好啊！岳鹏双手拿着绣球，双腿屈曲说，花妮我最想把绣球送给你。

花妮说，你可要想好了，我是残疾人。我会拖累你的。

岳鹏说，我早就考虑好了。好人就应该有好报。

花妮脸像三月里的桃花，接过了岳鹏手里的绣球，一脸的幸福。

花妮和岳鹏的婚礼一年后在阳朔举行。婚礼是按壮族的风俗办的。人们在街道两旁争相目睹助人为乐的花妮的婚礼，一起分享这个勇敢女孩幸福的时刻。

那天艳阳高照，浩浩荡荡的迎亲队伍，一顶花轿来接花妮，花轿顶上结了个象征吉庆瑞祥的绣球，据说还是花妮和岳鹏两人一起绣的呢。

于亮的爱情

【导读】于亮头戴月牙形状的厨师帽,身披围裙,左手把羊肉串、鸡肉串、鱿鱼串用竹签串好,右手用一把小刷子蘸了麻辣的配料,放在炉子上。后来于亮收留了一个女人。这个女人是被骗到了湖北,卖给了一个养鱼的老头。于亮的爱情会不会被骗?你看了就知道了。

于亮在县城八达路支起了个摊子卖烧烤。

于亮头戴月牙形状的厨师帽,身披围裙,左手把羊肉、鸡肉、鱿鱼用竹签串好,右手用一把小刷子蘸了麻辣的配料,放在炉子上。炉火旺旺的,伴随着嗤嗤的声音,烧出来的油就一滴一滴流在碳火上,香味四溢。不一会儿,一串串半生不熟的烧烤就好了。于亮用面纸包了竹签,递给了顾客,顾客把烧烤放进口里,又香又脆,口齿留香说,有嚼头,挺好吃。

于亮就吆喝:小本生意香烧烤,小的一块钱一串,大的两块钱一串,老少皆宜,快来买,快来尝。生意自然很红火,每一天都有百八十块钱入账。于亮很满意。

这天,于亮收摊后拉着小推车回家。在路旁边看见一个女人,被一个汉子恶狠狠的拳打脚踢,嘴里还一阵臭骂:没钱也来白吃,打你个不要脸的。

于亮支起小推车。走过去拉住了汉子说,这位老板,这个女人偷了你的啥东西吃,你下手这么狠?汉子的络腮胡子动了几下说,偷了一只烧鸭吃。

于亮帮女人交了钱给汉子。汉子说,便宜你这个叫花婆了。女人感激的对于亮说,大哥谢谢你,我无家可归,你好事做到底,就把我收下吧!

于亮看见女人可怜兮兮的样子,就动了恻隐之心答应了她。

前几年,我被老乡带出来打工,被骗到了湖北,卖给了一个养鱼的老头。老头开始把我看管得很严。老头几次想和我干那档子事情,我拿了一把剪刀,以死相拼。我硬着头皮和那老头对峙了几天几夜,后来,老头怕人去财空,就换了一副嘴脸,开始对我松了弦。女人在路上喋喋不休地说。

于亮问,这么说,你是逃出来的?

我有一次趁老头喝醉了酒,就掏了他的口袋,拿了两百多块钱逃到了你们这里。

于亮收拾了一间房间给女人住。还拿了几套姐姐的衣服给女人换上。女人冲了个凉,经过梳妆打扮,面容姣好,高耸的胸部,一看就让人魂不守舍的。

女人在家里帮于亮洗衣做饭,缝缝补补,把家收拾得井井有条。街坊邻居都夸女人勤快,人又漂亮。后来,女人还提出要上街帮于亮守摊子。

于亮看见女人好动。又买了一台做棉花糖的机器。他教会女人怎么烧烤,自己就一门心思搞棉花糖卖。于亮左手弄开煤气罐的阀门,右手打开了电瓶的开关。棉花糖机器就慢慢地转动起来。于亮再用左手打开白糖瓶子,用右手舀了一小匙,倒入棉花糖机器的中间,然后用右手拿一小竹签,像纺线一样,把白糖泡沫一圈一圈地缠绕在竹棍上,一个线团般的棉花糖就弄好了。

于亮就让女人品尝。女人抬起头,张开樱桃小嘴,咬着一嘴的幸福!于亮开始把每一天挣的花花绿绿的钱交给了女人。

女人说,这些天我老吐酸水,怕是有了。

于亮说,有什么了?

你的孩子啊!

于亮那个乐啊,简直无法形容。

女人说,我想今天去医院看一下。

我陪你去吧,今天生意不做了。

你还是去摆摊子吧。一天就少好多钱哩。

于亮就去摆摊子了。回来时,却发现女人不见了。于亮就去医院打听。医院说,压根就没有这样的一个女人来医院看。于亮就慌了,满大街地叫,每一个角落都找遍了,没有女人的影子。

于亮的姐姐回来说,你个孬种,八成是被这个女人骗了。现在骗婚的人屡见不鲜。

于亮觉得天都要塌了。没有女人的日子,于亮脑子里一片空白。

街坊邻居都来劝他,算了,就当是赌输了钱吧!

半个月以后,女人回来了,她交给了于亮一本离婚证和法院的判决书说,我没有和你说,这些天我回去和我那个离了。

于亮看了判决书。

现在你可以放心了,我生是你的女人,死是你的鬼,是你于亮一辈子的女人。于亮眼泪就流了下来。

蒸饺子

【导读】当父母的,都想有一个好儿媳。老弟带回来一个北方的女朋友。凭借一手好手艺——包饺子赢得了家人的默许。她拿和好的面粉一会儿挚,一会儿揉,然后放入炒好的馅,继而一会儿又捏。这些工序看得我们眼花缭乱。一个个精美的饺子就这样在这个北方妹子的手里诞生了。两个角的饺子,像水牛的头面。弟媳妇说,今晚谁吃了这些饺子,就会在新的一年里,富贵双全,德艺双馨,人财两旺,双喜临门。三个角的饺子呢?妻子好奇地问。弟媳妇说,这个叫三粉饺。今晚谁吃了,福寿禄三星高照,新的一年里添福添寿添禄。她真的赢得了男方父母的默许。

快过年了,老弟带回来一个北方的女朋友。这个未来的弟媳妇人高马大,漂漂亮亮的。母亲说,人倒是长得不错。不过找媳妇,又不是光看外表。德才是主要的。

老弟的女朋友说,除夕夜她要亲手包饺子,要让我们像北方人一样,蒸一顿地地道道的饺子吃。

母亲已经七十多岁了,还没有吃过饺子,正好尝尝鲜。孩子们更是乐得合不拢嘴。我这个当哥的听说年夜饭有饺子吃,禁不住垂涎欲滴。

除夕这天上午,弟媳妇就忙碌开了。她早早地准备了米粉和馅料。馅料很丰富,有猪肉、萝卜丝、豆腐。屋子里节日的气氛扑面而来。妻子帮弟媳妇打下手。弟媳妇说,还是我自己来吧。她

先是和好了面粉。大家目不转睛看着弟媳妇怎样包饺子。弟媳妇自然要在婆婆面前露一手。妻子在一边和她说着家长里短,弟媳妇有一搭,没一搭地应着。谈话的主题当然都是北方人过年的习俗,我们贺州瑶乡过年的风俗习惯等等。比如说扫尘,祭灶,杀年猪,做果条,挂腊肉等等话题。弟媳妇嘴上说着话,手指却一刻也没有停。她拿和好的面粉一会儿挲,一会儿揉,然后放入炒好的馅,继而又捏。这些工序看得我们眼花缭乱。一个个精美的饺子就这样在这个北方妹子的手里诞生了。两个角的饺子,像水牛的头面。弟媳妇说,今晚谁吃了这些饺子,就会在新的一年里,富贵双全,德艺双馨,人财两旺,双喜临门。三个角的饺子呢?妻子好奇地问。弟媳妇说,这个叫三粉饺。今晚谁吃了,福寿禄三星高照,新的一年里添福添寿添禄。母亲笑得合不拢嘴。这个北方妹子不但能说会道,而且心灵手巧的。她打心眼里夸弟弟有眼光,找对了人。

下午,弟媳妇把包好的饺子从箩筛里拿出来,一个一个小心翼翼地放在蒸笼里。随着火苗的加热,诱人的香味直往你的鼻孔里钻,馋得我们直吞口水。当一个个像水晶般漂亮,皮儿薄,馅儿饱满的饺子新鲜出炉时,我们禁不住啧啧称赞这个未来的弟媳妇的手艺好。

年夜饭上,我们举着筷子,夹一个放进嘴里,开始像品尝人参果一样。后来,风卷残云大快朵颐。大家都说,这个年夜饭是别具一格的。快乐的声音飘荡在我家房子的上空。

(本文发表在广西《贺州日报》2016年2月17日。)

拯 救

【导读】都说男人有钱就变坏。剃头匠贝道彬也不例外。如何拯救爱情。他老婆龙玉琳自然有高招。你知道她是如何对付贝道彬在广西和一个叫蓝兰相好的女人的吗？

福莲镇上有一个剃头匠。是从湖南道州来的，名叫贝道彬。

让贝道彬剃头，简直是一种享受。顾客走进了贝师傅的理发铺里说：贝师傅理发！

贝师傅让顾客坐在能够旋转的椅子上，拿一块白色的围布过来围住顾客。他要先征求顾客要理什么发型，然后根据顾客的头形和脸形来确定发型。什么小平头了，三七分了等等的发型都在贝师傅的脑中。和顾客商量好后，贝师傅才叉开腿，弓下身体，移步变换姿势，拉开了剃头的最佳姿势。随着贝道彬那充电的推子"嗡嗡"的声音，顾客那像乱草堆般的头发，就一小撮一小撮的掉在白色的围布上。顾客对着镜子，欣赏着自己的发型。贝师傅把围布取下来，让顾客走到洗漱台前弯下腰，然后打开电热水器，温热合适的水就落到了顾客的头发上。贝师傅打开洗发露，均匀地抹到顾客的头上，用手指轻轻地搓洗，白色的泡沫笼罩在顾客的头发上。这样耐心搓洗后。贝师傅才用水洗净头发。拿毛巾抹净眼睛，脸和耳朵，头发，一丝不苟的。

贝师傅让顾客坐回到旋转的椅子上，开始用一毛刷粘了水，

在顾客的嘴唇、下巴、额头、脖子、耳廓上来来回回的刷,又用毛刷粘了香皂泡沫刷在胡子上。做完这些,贝师傅把椅子放低让顾客躺着,才掰开剃刀,刮起了胡子、汗毛。顾客闭着眼睛,享受着剃头匠剃刀轻轻划过的快感。胡子剃好了。贝师傅就把电吹风插好,按下开关。温暖的风呼呼的把理好的头发吹干。贝师傅再给顾客洒上香水,打上摩丝。做完了这些工序,贝师傅给顾客的理发才算完成。

贝道彬的待客之道自然就引来许多的回头客,生意蒸蒸日上。他来广西却没有带家眷过来。原来他太太龙玉琳在湖南道州也开了一个理发店,走不开。文师傅是来广西开拓市场的。一年难得回一次老家。

时间一长,就有贝道彬在广西和一个叫蓝兰的女人关系暧昧的风言风语传到了湖南道州龙玉琳的耳朵里。这种"空窗期"发生"搭伴儿"的事情现在也见怪不怪。

街坊说,龙玉琳你真够大方的,让男人在外面搭伴儿。

龙玉琳说,男人都有花花肠子,都喜欢这种冒险与偷腥的刺激。

街坊说,你真想让人家把你男人当歌唱。还不快去广西一趟,打一场漂亮的爱情保卫战。

别说了!我心里够乱的了。龙玉琳当初不让贝道彬到广西开店,就是怕丈夫出轨。现在真是怕什么来什么。

天哪,我该怎么办呢?龙玉琳常常念叨这一句。

这一年的春节,丈夫贝道彬回来了。丈夫仍然像过去一样买了礼物到双方的父母家拜年。带女儿到街上买玩具。

太会表演了,龙玉琳这样评价丈夫。

晚上,贝道彬走进浴室,扭开了太阳能热水器的开关,温暖的水就从喷头里洒落下来。他用沐浴露把自己搓了个干净,又把自己泡在了浴缸里。他想一年了,得好好地给老婆交公粮哩。以前贝道彬每次回来洗澡时,太太龙玉琳就早早已经洗漱好,赤条条地躺在被窝里。就像久旱的地,裂开的缝隙都在火急火燎地贪婪地渴望贝道彬的甘霖雨露。

可是,今天却不同。贝道彬身体围了浴巾,走进卧室。龙玉琳却磨磨蹭蹭地忙着手里的针线活。

贝道彬心不在焉地拿手机玩着微信。突然,他发现床头柜上有一个烟灰缸。自己不在家,哪里来的呢?

不对呀,自己是不抽烟的。贝道彬用手抚摸烟灰缸里的红塔山烟头嘀咕。

难道,太太也耐不住寂寞,和人家搭伙了。贝道彬拉起了苦瓜脸。他猛然想起自己在广西开理发店时,一个开手机店叫朗月的四川仔,跟一个当地的美眉"搭伴儿"了。他太太也在老家和一个外地来的男人"搭伴儿"报复。

妈的,这算哪门子事情!贝道彬心里骂道。

这时,贝道彬接到了蓝兰的新年问候短信。

兰,我们的生活该结束了。

彬,我们"搭伙儿"一起享受美好时光的,离开就是路人,一起就是情人,我不要什么名分。还不够好吗?

兰,这种感情是见不得光的,既然我们不能够厮守一辈子,不如趁早散了。

贝道彬过了年回到了广西福莲镇,渐渐地疏远了蓝兰。

蓝兰看出了端倪,就和贝道彬分道扬镳了。

钟表匠赵凯

【导读】大多成名作家，靠的是勤奋和坚韧，路遥如此，贾平凹如此，莫言如此，就连魔幻小说大师马尔克斯也是经历长久的记者生涯的漫天积累才推出惊世名篇《百年孤独》……由此可见，忠美的写作定位，其努力的方向是正确的，从作品《钟表匠赵凯》来看，足见他的韧劲存活。在忠美的作品里，时常会捕捉到文学创作必不可少的一些奇妙信息，比如本文《钟表匠赵凯》的前后反差，这种设置就是好的手段！至于中间如何布局，细节的描写，故事情节的层层推进，人物的塑造，语言的把握，那的确得花心思和下足功夫。一篇小说作品，主题立意既有，要准确表达出人间之爱，尤其大爱，得深挖掘，拽住人物情感的真实，呈现人性的丑恶和闪光，强烈鲜明对比，由此给人心灵以冲击。

女儿又喘厉害了！呼吸很困难，肋骨一抽一抽的，肚子凹陷进去，两口子就似有千万根针扎他们的心口。

赵凯和老婆彩虹一看女儿病情严重，急忙把女儿送到医院。医生急忙给女儿输氧输液进行抢救，把赵凯他们挡在门外。

赵凯急得在走廊里走来走去，老婆让他坐下来等，他把老婆拨拉到一边，都什么时候了，我能坐下来？

这时，一个医生从里面出来，赵凯急忙拉住医生问道：我的女儿怎样了？

医生说正在抢救。赵凯突然跪在医生的面前，医生，我这辈子没有求过人,今个儿,我求你们一定要救活我的女儿!

起来,起来再说!

你不答应我,我就不起来。

医生说,你放心,我们一定尽力而医。

赵凯是一个钟表匠,他的摊子摆在百货大楼的左边,一把遮阳伞下,是一个三面装玻璃的柜子,红色油漆写的"精修手表"三个字在玻璃上惹人注目。柜子的下面是一个抽屉,抽屉里装着一些修表的工具:螺丝刀、钢针、橡皮吸、放大镜、游标卡尺……

赵师傅,我上个圩日拿来的闹钟修好了吗?

还没有修好,配件这两天才到。

老伯说,我过几天来拿吧!

赵凯说,好的。就套上一个显微镜,像个独眼龙,忙着修理一个机械表。

快晌午了,赵凯的老婆才提着一个饭盒,扯着一个娃过来。

收摊后,赵凯就带女儿玩"石头、剪刀、布","老鹰捉小鸡",有时赵凯在一块小木板上写上"1、2、3、4、5……"教女儿认字。屋子里,彩虹正在用一个陶罐熬药,一股药味弥漫了农家小院。

药熬好了,女儿嫌苦,不肯喝。赵凯抱紧女儿说,我的姑奶奶,长苦不如短苦,你就喝吧。女儿嘴唇粘了一下药,喝进去的一点点,又吐出来啦。彩虹用手捏住女儿的鼻子,女儿手脚乱蹬,才把药喝了进去。

有时夜里,女儿哮喘发作,彩虹提了个马灯,赵凯背着女儿,汗水不时从背上淌下来,赵凯用衣袖抹了抹汗,三步并作两步往医院赶。树上不知名的鸟,叫着恐怖的声音。第二天,赵凯红着双眼,又拉着家什去摆摊。赵凯还偷偷地去卖血,筹集女儿的医药费。

女儿在赵凯两口子的呵护下哮喘病也断根了,茁壮成长。读书也很用功。黑黝黝的墙上贴满了女儿大大小小的奖状。

赵凯的女儿很争气,小学毕业,考进了县一中。初中毕业,考去了市里的芳林高中读书。好像是应了自古英才出寒门的老话。女儿考上了北京大学。县长、教育局长都来赵凯家慰问。

街坊邻居说,赵凯你就等着享福吧!赵凯就嘿嘿地笑,有一种苦尽甘来的味道。

这时候,有一对夫妇来认女儿,说女儿是当年他们遗弃的。

原来,在一天傍晚的时候,赵凯收拾了家什,"哐当哐当"拉着板车回家,在一个偏僻的小巷里,听到一个婴儿的啼哭。

赵凯把板车停下来,发现一个土布包裹着的婴儿,咿咿呀呀地哭。上面歪歪斜斜写着一张纸条,我已生了三个女娃,这个女娃是我的第四个娃,我希望生一个男娃。这个女娃还有哮喘病,希望好心人收养她。

赵凯心一软,骂了句,作孽哟!就把孩子抱了回来。赵凯结婚十年了,老婆彩虹的肚子一直没有鼓起来。两人去医院求医,求神拜佛给观音磕头,也没有一男半女。天上突然掉下来一个女儿,赵凯感谢老天爷的馈赠,屁颠屁颠地去有关部门办理了收养手续。每天更加早出晚归,省吃俭用。女儿的哮喘病经常犯,他们挣的钱,都给女儿看病了。

街坊邻居说,呸,当年不要,现在来采胜利果实。你知道赵凯两口子吃了多少苦啊?

女儿说,我的爹叫赵凯,娘叫彩虹。

赵凯看了两夫妇的信物,听了他们对当年女儿的纸条说得一字不差,就说,女儿,不管怎么说,你不是从石头里蹦出来的。他们是你的生身父母,我们是你的养父母,以后你出息了记住不要忘本,不要忘根,要感恩、报恩!

(本文发表在《贺州日报》2016年9月10日)

琐忆爆米花

【导读】作品在淡然温和,不疾不徐的叙述中通过琐忆农村爆米花的事情,写出了有一种打动人的农村孩子的乐,农村老人的爱,农村那浓浓的耳熟能详的情景。

在我的人生长河中,经历过的事情就像天上的星星多得数也数不清。其中发生在秋冬季节里的事情,最难忘的是爆米花。

爆米花的师傅穿着灰色的土布衣服,肩膀上是一个挑子。一进村子,村子小巷里就传来了抑扬顿挫、悠扬的"爆米花喽——爆米花喽——"的吆喝声音。他们走街串巷,直到有人过来爆米花。才放下挑子,放下工具,开始揽生意。

爆米花的师傅叫大金牙,隔壁上头湾的。

听到吆喝声,经不住孩子们的胡搅蛮缠,正在做针线活的大爷,不得不放下修理的农具。正在做饭的大妈,放下手中的锅碗瓢勺;大婶们正忙针线活,她们放下手里的笸箩,端着玉米粒跨门而出。爆米花淡淡的香味,诱惑着她们的孩子的目光。那个困难的年月,吃盐都靠家里的老母鸡下蛋呢!父老乡亲手头紧,日子过得紧巴巴的,家家都有一本难念的"穷"经哩。所以,爆米花的生意,在乡下大行其道,深受老百姓喜爱。

我央求母亲爆米花吃。母亲骂道,小邓子就你嘴馋。

我看见母亲愁眉紧锁地不同意,就在地上边哭边打滚。

母亲说,小邓子,你再闹我就要你吃大月饼。母亲做出了扇我脸的动作。

奶奶正躬着背,眼睛紧紧地贴着一张薄薄的鞋垫,针线在奶奶的手上上下飞舞,她放下老花眼镜喝到,哪个敢动我的大孙子。来,小邓子,奶奶带你去爆米花。我满脸泪痕马上像六月里的天气阴转晴天了,破涕为笑说,还是奶奶好,奶奶疼孙子,奶奶最懂孙子的心。

奶奶用干瘪的手拿起一个瓢子,在仓桶里舀了半瓢玉米粒子。奶奶迈着三寸金莲颤巍巍的拉着我,我高兴地说,今天就要有米花吃喽。后面的小花狗也摇头摆尾,讨好地扑上我的身体。

只看见小巷的墙根底下,安着一台爆米花机。早已经里三层外三层围满了馋嘴的小孩。大人们指指点点,叽叽喳喳,家长里短的唠嗑。

奶奶把半瓢玉米粒交给了大金牙说,你又来骗小孩的钱,害得我家孙子闹得不得了,麻烦师傅爆个好米花解解馋。

逗得大金牙也忍俊不禁说,大嫂子,我担着挑子天天要走街窜户,严寒酷暑从不懈怠,赚些蝇头小利养家糊口,我生活虽然艰辛。不图啥,我就是为了方便孩子嘛。

奶奶说,大金牙,我讲不过你这个走江湖的生意嘴。

小时候,我对爆米花充满了好奇!爆米花的师傅把奶奶带来的玉米倒进了像炸弹一样的黑机器里,又往里面添加了一些糖精。然后我看见师傅把机器转动起来。火苗呼呼的,裹挟着黑黑的机器,师傅均匀地转了一圈儿又一圈儿。我像是等了三秋这么久一般。流着口水问师傅,师傅好了吗?

师傅看了看黑家伙上的压力表说,不急,再耐心等一等,就好!

我又催了一句,奶奶,怎么还没有爆好啊!

孩子乖,心急喝不了豆腐汤。就好,就好,快了,孩子别急!奶奶回答。

在我一而再再而三焦急的催促中,师傅把一厚厚的帆布口袋套在黑家伙机器上,鞋子踩了一下机关,说时迟那时快,"嘭——"的一声,白色的烟雾弥漫着爆米花的现场,孩子们先是用稚嫩的小手捂紧了耳朵,等嘭的声音过后,孩子们一锅蜜蜂似的抢花炮般,哄抢着炸露出口袋的米花儿。空气里飘荡着沁人心脾的玉米香味,爆好的玉米终于新鲜出炉了。这些米花儿那个时候可是我们童年梦求以求的糖果。孩子们围着这个爆米花的师傅其乐融融,陪着他一天也不厌倦。

我抓了一把米花放进了嘴里说,奶奶真香!你也尝一尝。奶奶说,小邓子小小年纪,就知道疼奶奶,真乖!奶奶从衣服的口袋里掏出来两毛钱加工费说,辛苦师傅了。饿了就上我家喝碗稀粥。

师傅说,谢谢!现在正忙呢,走不开。

如今的孩子吃的零食琳琅满目,应有尽有,冰淇淋、果冻、沙琪玛、牛奶糖、巧克力、压缩饼干、娃哈哈饮料……今天爆米花渐渐地消失在人们的视野里。每当我看见爆米花,就想起了童年的岁月!

(本文发表在《贺州日报》2016年7月13日)

诺　言

【导读】小小说写了退休教师田七退休回家时发生的感人事情。全文利用三个镜头，再现了教师田七为学生"两手勤浇桃李树，一心乐乐栋梁才"实现自己的一句诺言，在山里扎根，托起山的脊梁！

　　田七已经两鬓双白，皮肤黑黑的，消瘦的身材已经佝偻，全然没有年轻时的那个高大英俊的形象。

　　今天，他拿到了红红的退休证。他在这个高寒山区当老师一当就是四十多年。从开始每个月26元工资，一路走来，现在工资已经达到四千多了。四十年风风雨雨，其中他放弃了五次调出大山的机会。就是为了自己的一句诺言，在山里扎根，托起山的脊梁！山里的人给了他无数的爱。田老师得的最高荣誉是全国劳动模范。

　　田七把行李一件一件放好，然后把包裹背起来，他要下山了。解坛归田，放下教鞭，他突然感觉有点不适应。田七用粗糙的手推开了宿舍的木门。山风袭来，神清气爽。放眼望去，山岚朦胧。咩咩的羊叫声，让山野平添了许多寂静。

　　田七在山梁刚转了个弯，看见前面有几十个村民排列在路旁边。

　　村长四喜紧紧地握住田老师的手说，田老师，你在我们这里一蹲就是几十年，来喝了这三碗油茶，然后带上这些乡亲们捎来的土特产,光荣退休!

田七说,一碗疏,二碗亲,三碗心连心!好,入瑶乡随瑶俗。说着把碗端起来,咕嘟咕嘟喝了个精光。四喜把两坛老酒和几块腊肉,一包蜜枣,两只山鸡,一捆干竹笋放在了牛车上。田老师向四周的群众深深的鞠了一躬。

田老师发现了哭泣的小虎子,他挤了过去。

小虎子,不要哭了,擦干眼泪。你是我的收山弟子哩。你的字写得可漂亮了,各门功课都顶瓜瓜。还要努力哦!

小虎点点头。

还记得你教我唱的瑶歌吧。

记得,记得!小虎说。他破涕为笑。跟着田老师唱了起来:鸡公儿,两羽叉,三岁小孩会唱歌。不是爷娘教出的,自己聪明唱出来!

刘大娘,这些鸡蛋留给您老吃。快停下你送行的脚步吧!您老德高望重,怎么来送一个孩子王啊!田老师转过身说。

田老师,要不是你垫交减免学费,我那娃早就辍学了。你还节衣缩食资助我那娃读书!我们刘家没齿难忘你的大恩大德!刘大娘正要跪下去。田老师扶起了她。

应该的。刘军还行,是我的得意门生!

他大学毕业后分配到市文化馆了。

嗯,好,有出息!比我强!

田老师正要上车。听见有人在喊他:田老师,等一下。

大家一看,哟,原来是捣蛋鬼军桥的娘。她正上气不接下气走过来。

你还记得军桥吧?

这个捣蛋鬼,我怎么忘记得了!

他太让田老师费心血教了。当年他天天不学好,他爹抓到一次就打一次,一条条的血痕,打得我都替孩子求饶。可越打军桥,他却越和你唱对台戏,好操心哦!

　　说起军桥这个捣蛋鬼,印象真是太深了。逃学,旷课,打架,爬树掏鸟窝,下河摸鱼,上山钻洞,入林打鸟成事不足,败事有余。田老师如数家珍。我后来就找了几次时间,和他谈心。还翻山越岭去你们家家访,和你们促膝长谈找良方教育他哩。果然把这个顽石点化了。浪子回头金不换哦!

　　当年多亏了你啊!帮他开了许多小灶!我家军桥这个四方木,现在才有出息,在广东一家企业当技术员哩。

　　就是嘛,孩子不是打出来的,是疼出来的啵!

　　这是我自己织的土布,请你务必收下。军桥娘把瑶锦塞到田老师手里。

　　田老师抚摸着这七彩线织成的瑶锦。看见上面的织的字是:德艺双馨,桃李芬芳八个大字。说,难为你这个农家女了。花了不少心思吧!好,我收下了。

　　牛车慢慢地启动,车轮咕噜咕噜地响。人群里不时有人喊,田老师,记得常回来看看!

　　唢呐欢快地吹起来,锣鼓火热地敲起来。田七站在牛车上,双手抱拳说,乡亲们,请留步!我会找时间来看望大家的。

　　人们目送着田七的牛车,消失在山梁。久久不愿离去。

　　(本文发表在《贺州日报》2016年6月16日。)

荣秀的婚事

【导读】写了单纯女子荣秀跌入志青自导自演的"一场英雄救美的戏"里面,致使她把自己交了出去,让志青这个"人渣"把"生米煮成了熟饭"。不幸的是,没多久志青在一次和小混混喝酒时出事,酒精中毒死了,很快让荣秀成了"新寡",肚子里的孩子已有几个月了,咋办?愁坏了爸妈,也愁坏了荣秀自己。正在这时,镇上的家具店的老板秦吉送来了聘礼,老婆前几年得乳腺癌死了,他现在还单身,看上了年轻漂亮的荣秀。这事让荣秀措手不及。荣秀连提三个问题,一,自己要生下肚子里的孩子;二,要守孝三年才嫁;三,要带着志青妈一起入门。秦吉二话不说,一一应允,事成。荣秀年纪虽轻,人生和命运的变故一下使她长大!她最后的决断是有相当力度的,显示出作者良好的文学功底。作品行文的简洁让故事通俗易懂。

  黄澄澄的早稻,晒好后,颗粒归仓了;饱满的黄豆几大箩筐放在楼板上;玉米堆满了一间房;花生已经被宗国在榨油坊里榨好了,装在油桶里。

  宗国两口子忙了大半年,现在终于考虑把工作的重心,转移到了荣秀的婚事上来了。他看着桌子上的这些花花绿绿的聘礼,眼前就思绪着荣秀婚事的坎坎坷坷。

  荣秀的婚事有过一段插曲,这让当爹妈的很是挂心哩。

  宗国一想到女儿荣秀过去的这段不幸的婚姻,心里就像滴

血一样。

荣秀是个漂亮的农村姑娘,性格内向,初中毕业后,就辍学在家。就是这样的一只小兔,成了志青这个人渣的"猎物"。

那天,荣秀骑着自行车,走在田野上,从树林里溜出来两个男人,一个男人在前,另外一个在后面,他们要把荣秀往树林里拖。

荣秀说,求求你们放了我吧?

你让老子快活了,就放了你。这两个男人一脸的坏笑。

说时迟,那时快,半路杀出来一个志青,对两个男人一阵拳打脚踢,上演了一场英雄救美的戏。

蒙在鼓里的荣秀就这样把自己交给了志青。当爹的宗国知道这些事情时,生米已经煮成了熟饭了。宗国两口子一合计,认为志青这小子,人高马大,眉清目秀,论长相倒也和荣秀般配。可是婚姻大事,又不是吃人,得看男方的品格。

志青从小就死了父亲,是母亲腊梅一把屎,一把尿拉扯大的。腊梅天天在地里讨生活,疏忽了对儿子的管教。志青成了一个爱逃学,好打架闹事的家伙。他和福莲镇上的小混混拜把兄弟,出入麻将馆、美容院、夜总会……

志青和他的老大潘明在街上遛狗。遇到镇外的一个中年人脚受了外伤。

潘明的京巴狗闻到了中年人脚上的药味,就扑上去舔。中年人骂了句:谁的瘟狗,找死啊!冷不防受到志青和潘明地拳打脚踢。

你说,荣秀跟了这样的人渣会幸福吗? 老伴说。

宗国劝荣秀,世界上男人多得是,大把的窟窿,你怎么就选择去填这个人渣的窟窿。

我已经怀了志青的孩子了。

把孩子打掉算了。你不能够往这个火坑里跳啊！宗国声泪俱下。

不！我生死也跟着他。

你这个死丫头，你这是要老爸老妈的命啊！宗国说。

志青是在一次和小混混喝酒时出的事情，他喝高了，酒精中毒死了。

宗国说，好歹是一条命，我也很痛心。我想这是老天有眼，让我女儿另外和一个人走完人生路哩。

眼下的这些聘礼，是福莲镇上的家具店的老板秦吉送来的。他的老婆前几年得乳腺癌死了。秦吉从小吃苦耐劳，虽然只有初中文化，但有经济头脑，他从小本生意做起，一辆单车，一块彩条布，到福莲镇的周边集市去摆地摊，小打小闹了几年，才在福莲镇上安营扎寨开了这个家具店。

宗国的老伴说，我看秦吉这小子中。

我也这么认为。宗国说。让我们听听女儿的意见，看看这些聘礼该不该收。

荣秀和秦吉在房间里见面了。

我已经不是一个黄花闺女了。

我还是一个二婚头呢。秦吉低着头，不敢看荣秀。

你不怕我克夫吗？

不，我不相信迷信。你不会也怕我克妻吧！

不，我也不相信迷信。两个人笑了。

那不就得了。我看见了你，就有了异样的感觉。秦吉含情脉脉看着荣秀。

荣秀脸上红霞满天，你要娶我，必须答应我三个条件。

只要你答应嫁给我,就是三百个我也答应。

志青死后,我要为他守孝三年,我才嫁给你。

这个我理解,你要节哀。

我已经怀了志青的孩子,我要把他生下来。

孩子已经几个月了,再打会影响你以后不孕不育。再说,孩子是无辜的,我会视为己出。

志青的妈,现在是一个孤老婆子,她刚经历丧子之痛,我要带着她一起嫁,让她老有所依。

这样好,我有了孩子,还有了个老妈来赡养,是天大的福啊!

那,我就答应这门亲事!

宗国两口子隔着门偷听,乐了!感情这事情成了。这些聘礼可以收下了。

(本文发表在《贺州日报》2016年7月22日。)

兽医雪乾轶事

【导读】作品以富有传统味道的笔法,通过哥哥兽医雪乾所做的一系列事情,让弟弟雪坤反衬主人公。虽是生活琐事,却道出了小人物的钱、面子、饭碗、职责、道义,每一个词在哥哥兽医雪乾这里都有沉重的分量,他所做的取舍,出人意料!

雪乾初中毕业时,他爹考虑到家中的困难,让他报考中专。

爹对雪乾说,有份工作就中,也好帮助一下弟弟雪坤和妹妹雪花。

　　雪乾很争气,考上了一所农校。他学的是兽医畜牧专业。爹很高兴说,这个专业好,我们乡下就缺少这样的人才。

　　毕业后,雪乾在福莲镇兽医服务站吃上了皇粮食。娶了个在小学教书的女人为妻。他在镇上开了个兽医服务站。

　　一个双休日,雪乾被养猪大户胡汉林一个电话就请了过去。胡汉林养的是新品种三元杂母猪,有二十几头呢。现在有四头母猪下的仔猪正等着劁哩。

　　雪乾背了个兽医箱子,骑上摩托车就直奔枫树湾胡汉林家。

　　胡汉林看见雪乾来了,连忙端茶敬烟。雪乾摆摆手说,劁猪要紧。

　　白花花的仔猪看见了生人,围着母猪转溜。雪乾进猪圈抓了一头仔猪,这仔猪就细声的叫,四只蹄不停的乱蹬。雪乾一瞧,是一只母仔猪。

　　劁母仔猪技术上比阉割公仔猪难。劁母仔猪关键是把握好劁猪的位置。雪乾说。

　　胡汉林深有体会说,对头。劁得好,仔猪的性格温顺了,贪吃贪睡了;劁得不好,仔猪就是隔生的,光吃食不长膘不说,长大了仍然发情,又拱猪圈又跳栏呢。

　　说话间,雪乾把猪仔按倒在地上,操起已经准备好了的劁猪刀子,在三岔胃,下起二乳头的位置,迅速地开了一刀。锋利的刀划破了皮。雪乾用手掏出猪仔肠劁了。又迅速把劁好的肠子塞了回去,再在伤口上涂上碘酒。劁过的仔猪放回圈中,活蹦乱跳起来。

　　雪乾又抓起来一头仔猪,这头是公仔猪。他换了工具,做了阉割。阉割后的猪卵子放在一个塑料盒子里。雪乾一般把猪卵子

和仔肠拿到福莲镇上的醉仙酒楼去卖。听人家说,成了这个酒楼的一号招牌菜。

胡汉林夸雪乾说,干得漂亮。

这年秋天,雪乾的弟弟雪坤家的一头母猪得猪瘟死了。雪坤很心疼,一千多块钱的一头母猪呢。

弟弟敲开了哥哥雪乾的门。

乾哥,俗话说庙里有人得碗水。你就帮我个忙吧。

帮啥忙?雪乾一头雾水。

帮我扯个谎,向保险公司索赔。

坤弟,不行哦。你没有买保险,就不能够索赔。

这事情归你管,你可以套用买了保险的农户的名字。这事情天知地知你知我知。

不行。我不能损公肥私,徇私舞弊。雪乾严厉地说。

乾哥,你真是个四方木。弟弟无可奈何。招呼家里人把猪给谭屠户送去。

雪乾说,不准卖给他。

乾哥,你不要搅黄了我让保险公司赔偿的事情不算,还要搅黄我卖猪的事情。人家愿意出六百块钱哩。好歹让我减少一些损失。

出六千块也不能卖。

乾哥,算我求你。弟弟央求道。

老弟,你是要砸哥的饭碗啊!哥管的就是这些事情哩。我估摸着谭屠宰户要把这死母猪肉做香肠哩。那会流向多少人家的餐桌,这个关系舌尖上的安全,你懂不懂。

弟弟雪坤脸红了,低下了头。招呼大家挖了个坑把死猪埋了。

雪乾说,这才像我的弟弟嘛。

(本文发表在《贺州日报》2016年7月6日。)

悟

【导读】如何从日常生活中悟到人生的真谛,走向成功。小小说《悟》中的展容就做得不错。当展荣的表演刚完,京剧院掌声雷动。三四个武打演员同行从台口跳上舞台,直奔箱子,想看看展荣表演这么出色,难道箱子里面有机关?当他们看见箱子里只有一张草席时,不禁啧啧赞叹。

展容是个孤儿,是桂剧"庆福班"曹师傅,收养的他。

展容从咿呀学语就跟着曹师傅学戏,花脸、小生、老生、武生,他还真舞得像模像样。

展容想参加一个全国的戏剧比赛。他想参加比赛的剧目就选择《打棍出箱》。

参加比赛的戏,要有看点,还要有特色,才能够旗开得胜。曹师傅一语道破。

他接着说,如果你进京比赛,表演折子戏《打棍出箱》的"三跌四出"和"箱内部换衣"这些绝活,才能够技压群芳,一举夺魁。

展容说,我就学这戏。

曹师傅把展容叫到身旁边,开始排练《打棍出箱》。

《打棍出箱》是大戏《开天榜》中的一折。展容在里面装的人

物是宋朝的范仲禹。

剧情是说,范仲禹赴科场考试后,带着妻儿探访岳父岳母,路上出了小插曲,妻离子散,范仲禹如热锅上的蚂蚁,以致癫狂。偶遇一樵夫,询问后得知儿子被猛虎叼去,妻子则被恶霸葛登云抢走,范仲禹前往葛府叫骂,葛登云用酒把范仲禹灌醉,命令家丁将他乱棍打死。这些戏,展容排练起来就像吃水豆腐一样容易,他有点飘飘然了。

曹师傅说,出水才看两腿泥哩。

果然,戏排练到了科场放榜后,金榜题名的范仲禹失踪,主考官包拯命令两位官差四处寻找,碰巧遇到葛府的家丁抬着装范仲禹尸体的大箱子前往荒郊野外掩埋,家丁看见官差,丢箱逃窜,两位官差将箱盖打开,范仲禹"三跌四出"和"箱内部换衣"这些绝活时,展容排练感到很吃力了。

首先,箱子是一立方米的狭小空间,一个活人从里面要跳跃出来,再跌进去,动作要迅捷,身体很吃力不说,关键人在箱子里要缩成一个球,很沉,气喘吁吁,呼吸困难,再有很容易磕磕碰碰受伤,几次排练下来,消耗了展容的许多腰腹肌的力气,他的腰椎、关节都青一块、紫一块,晚上躺也不舒服,坐也不舒服。

曹师傅说,要想排练出硬功夫,就要吃三年咸萝卜,关键要有悟性。

展容练习了大半年,眼看比赛的时间越来越近,自己的表演还很不劲道,他心急如火,一筹莫展。

这时,展荣的妻子叫人来传话,儿子爬树,从树上掉了下来。

真是,人不顺心的时候,喝口凉水都塞牙。

展荣急匆匆赶到了医院。儿子正活蹦乱跳。妻子说,幸亏无大碍。

展荣脱光儿子的衣服,仔仔细细看了,儿子完好无损。他疑惑不解。蹭蹭蹭走到儿子爬树的现场查看究竟。原来,孩子爬到一棵槐树上,一脚踩空,掉下时,虽然有巨大的冲力,不料掉在了躺晒在树下架子上的竹席上。也许,是这个缓冲的作用。

展荣若有所悟。更加用功地投入到排练《打棍出箱》的剧中。

表演的大幕徐徐拉开。两个官差用哨棒往红色的箱子一打,"范仲禹"从箱子里跳跃出来,一甩发,一甩胡须,头朝左横卧在箱子上,头手和脚不停地颤抖;一个后空翻"范仲禹"又跌入箱子,再打,他又腾出箱子,一甩发,一甩胡须,头朝右横卧在箱子上,一个后空翻"范仲禹"又跌入箱子,再打,他又腾出箱子,一甩发,一甩胡须,一副失魂落魄的样子,凄惨的叫,我的妻啊……展荣的一板一眼,把范仲禹挣扎求生的情境,表演得酣畅淋漓。

在中国京剧院,来自全国各地的戏剧界的佼佼者参加了比赛。展荣的剧目《打棍出箱》首屈一指,独占鳌头。

当展荣的表演刚完,京剧院掌声雷动。三四个武打演员同行从台口跳上舞台,直奔箱子,想看看展荣表演这么出色,难道箱子里面有机关?当他们看见箱子里只有一张草席时,不禁啧啧赞叹。

农村网事

【导读】家和万事兴。有的人正在建立家庭,有的人在打爱情保卫战,拒绝生活中的黄赌毒,如田嫂,自觉和不良分子一刀两断一了百了。而有的人不懂珍惜现在的幸福,正在毁灭家庭。希望你不要像大牛一样,被网络交友中的情色给害了,把家给毁了。

田嫂是大牛的老婆。长得人见人爱。他们结婚快三年了,已经有了一个儿子小牛。生活虽然清苦,但是一家三口苦中有乐。

眼看着人家个个起了平房,田嫂心里好羡慕。大牛和老婆一商量,为了家庭更加富裕。决定家里这一亩三分地由老婆田嫂照看,自己到广东打工挣钱,也像别人一样起平房。

大牛临走时,帮老婆买了一部手机,帮她申请了一个 qq 号,qq 名叫甜甜。大牛教会了田嫂用 qq 聊天。说:"以后有什么事情就用 qq 联系,这样可以节约话费。"田嫂说:"好的。"

大牛走后田嫂顶起了家里这半边天。

晚上,月光如烟雾绕着山山水水,万籁俱寂。田嫂安顿好小牛,心里觉得空落落的。心里头就想起了和大牛在一起的日子:春和景明,大牛和田嫂一起劳作。大牛赶着牛,露出结实的肌肉,掌着犁,口里大声地吆喝着牛,身体后是平平整整肥沃的土地了。晚上,小牛已经进入梦乡,大牛才开始开垦田嫂这块肥沃的土地。

村子里传来了几声狗叫,田嫂才收住了思念的风筝。田嫂打开了qq,和老公大牛聊起天来。

　　甜甜:阿牛哥,我好想你。

　　大牛发来个拥抱的表情过来……田嫂在满足中进入梦乡。

　　又是一个月光如烟的晚上。田嫂上了线,和大牛聊天。大牛说这段时间工厂里正在加班加点,不准上网聊天。田嫂轻轻地叹了一口气。望着满天的星星,辗转反侧。田嫂准备下线,这时,有一个叫"无限关爱"的人向她申请加为好友。田嫂想了想就同意了。

　　无限关爱:不夜星空,不夜人。一个人好烦啊。要是有一个人陪我说说话就好了。你有什么快乐,什么痛苦,通通可以和我分享。

　　田嫂觉得对方善解人意,有一种相见恨晚的感觉。他们的聊天就这样开始了。天南地北,柴米油盐等等都是他们的话题。

　　第二天,田嫂仿佛自己年轻多了。口里哼着小曲到山坡上锄草。日头毒辣辣地照在田嫂身体上,她用毛巾擦了擦。手机"滴滴"地叫了,原来是无限关爱来聊天。

　　无限关爱:甜甜,我想你。发个照片过来。

　　甜甜:没有。

　　无限关爱:不给就不给,还说没有。

　　甜甜:真的没有。

　　无限关爱:你用手机马上照一张就行了。田嫂经不住对方的柔情蜜意,就照了一张,发了过去。

　　无限关爱:哇,太美了。简直像红高粱里的女主角一样美。

　　田嫂脸红了。发了句:你也发张照片过来。无限关爱的照片光彩照人,田嫂觉得比大牛帅多了。

田嫂觉得日子又有了甜头，每天开始精心打扮。

有一天晚上，田嫂正在看电视。无限关爱又来 qq 聊天：我正在你家乡县城，过来见一面吧。

甜甜：我们不是看了照片吗？我们这样不是挺好吗？

无限关爱：不好，我发觉爱上你了。

甜甜：我有家有室。我爱我老公。

无限关爱：那又有什么关系呢。现在兴情人，搞一夜情。

甜甜：别胡思乱想。花花公子。

无限关爱，发了个拥抱的表情过来。田嫂连忙发了个敲头的表情过去。

无限关爱：你就给个机会让我疼疼你。说着发了个火红的吻表情过来。田嫂心里头咚咚地跳，发了个色的表情过去。

无限关爱：你以为我不知道你想什么。我会亲得你喘不过气来。我会给你老公不一样的感觉的。来吧，甜甜，我为你开一个浪漫的房间，一边喝着红酒，一边相爱。甜甜觉得这么做怎么对得起老公，就下了线。

这时，电视正在播放《社会与法》栏目。一个年轻的女人，轻信男网友的花言巧语，被骗财骗色的事情。田嫂想好惨，差一点自己就是第二个。

又一天，田嫂正在西山放牛。无限关爱又来 qq 聊天：怎么几天不理我。田嫂没有说什么。

无限关爱：甜甜，在忙什么。

甜甜：放牛。

无限关爱：放老牛还是小牛。

甜甜：怎么，放什么牛不一样吗？

无限关爱：哈哈，甜甜放老牛就要注意，老牛偷吃嫩草啊！你能保证你老公不去偷吃。你立什么贞节牌坊,来吧!这是我的手机号码,我会满足你的。田嫂看见对方又不怀好意,就把无限关爱丢进了黑名单,让他永世不得超生。田嫂想了想,马上注册了一个叫黑玫瑰的 qq 名,向大牛申请加为好友。大牛同意了。他们开始微信聊天。

黑玫瑰:阿牛哥,在忙什么。

大牛:妈的,别提了。这几个月老加班,好不容易今天才休息。

黑玫瑰:一个人寂寞吧。

大牛:寂寞又有什么用,老婆又不在服务区。

黑玫瑰:我想抱抱你。说着发了个红吻过来。

大牛:别逗我了。要知道孤男寡女就像干柴烈火一样。

黑玫瑰:你就给个机会让我疼疼你吧。你以为我不知道你男人想什么。我会亲得你喘不过气来的。我会给你老婆不一样的感觉的。来吧,阿牛哥,我为你开一个浪漫的房间,我们一边喝着红酒,一边相爱。

大牛:我怕被我老婆晓得。真的还是假的。

黑玫瑰:哄你就是小狗。你能保证你老婆不去偷吃。你立什么贞节牌坊,来吧,这是我的手机号码,我会满足你的。

大牛:嘻嘻,好吧,真是这样我大牛就艳福不浅了。我现在马上联系你。你在哪个宾馆。

田嫂看见大牛这么没有出息,呜呜地哭了。自言自语说:出门在外,这么草率做事情,一定吃大亏。我得想个办法劝劝他。

果然不出所料。一个星期后,田嫂正在洗衣服,派出所送来了传票,说大牛因为用微信聊天,约会并且强奸了女网友。田嫂没料到事情会来得这么快,一刹那间昏了过去。

约　定

【导读】文章有了冲突和矛盾，春洪在外面恋爱和家里人说媒，抓住这个矛盾来展开，瑶家的规矩或者习俗和春洪的自由恋爱的矛盾，是一对很好的矛盾，矛盾激烈起来，然后在用一个巧妙的方法化解，文章最后的干女儿是个好办法

大水牛托人把四嫂叫来。

四嫂扭着水蛇腰，还没有跨进家门，嗓子就如铜锣般大声地敲响了。

今天早上我家门前的枣树上就有两只喜鹊唧唧喳喳，我猜八成是又有新人要定婚哩。

就你四嫂能说会道。大水牛连忙端茶敬烟。

我家的二子春洪，嘴唇上已胡子拉渣，说话嗓子浑厚，一脸的青春痘。我想帮他说门亲。

大水牛，我们十里八乡那个不知道你家老大在交通局上班，小女在市一小教书，像你这样的人家，还怕没有媳妇。

春洪都二十五了，再不找，就过头了。他母亲死得早。春洪的婚事就靠你多费心了。

好，你家看上哪家姑娘了。

就本村的小学老师，猫仔的女儿秋兰。

哦，秋兰。人长得如花似玉，心灵手巧的。大水牛，你的牛眼睛

真会挑。

大水牛把两包鸡蛋和一些彩礼交给了四嫂。四嫂说,我就是磨破嘴皮子,也要帮你家说成这门亲事。

几天后,四嫂回话,猫仔家同意把春兰嫁给春洪,并且收了定亲的彩礼。人家还问是不是春洪的意思,我说就是春洪的意思。

嘻嘻。大水牛把喝进去的酒都喷了出来。四嫂,你这个媒婆就是刁。我这就打电话给春洪,安排秋兰家来我家上门。

这样好啊,上了门,按我们瑶家的约定俗成,秋兰就是你们家未过门的媳妇了。

秋兰隔三差五的来大水牛家洗衣服、做饭、扫地、挑水……村里人都夸,大水牛家有福气,找了个好儿媳。

大水牛心里比喝了蜜还甜。

大水牛打了电话给大儿子和女儿,说国庆节给你们小弟春洪办上门酒。

大儿子春福说,你给春洪定亲的事情,他知道吗?

大水牛听后,暴跳如雷。春福啊,饱汉子不知道饿汉子饥,你就眼睁睁看着你弟打光棍。我黄土都埋到脖子了,我求什么啊!

女儿也说,大哥说得对,现在早就不兴父母之命媒妁之言了。你好歹让春洪知道。

大水牛就打了电话去广东。春洪一听完父亲的话,说,爸,我的事情不要你操心。

国庆节人家秋兰就来上门,你如果眼睛里还有我这个爹,你就回,否则你永远也不要回来。

国庆节还没到,春洪回来了,后面还跟着一个长头发的姑娘。

爸,你定亲也不和我打一声招呼。我在外面谈了一个对象了。

我还问你呢,你谈对象怎么不和我打一声招呼。

你去想办法把家里的亲退了。

大水牛嘴里猛吸了一口烟说,人家一女不许两家。这是瑶家的规矩。退亲,我没有这么厚的脸皮。要退退你外面的这门亲。

买鞋试脚,买锣试声。我觉得燕子好。我们相处了一段时间,感情越来越深了。

你接触秋兰一段时间,你会爱上她的。

感情的事情是不能勉强的。

你现在翅膀硬了,老子的话也当耳边风了。

父亲和儿子的谈话不欢而散。

村子只有一个屁股大,大水牛家的事情自然就传到了猫仔家。秋兰躲在房里哭哭啼啼的,大有宫廷剧里的一哭二闹三上吊的架势。

风言风语也灌入了大水牛家的门。

我猫仔教了一个畜生,养蛇来咬鸡。你春洪忘恩负义。当初你家穷交不起学费,是我猫仔减免的吧;你那年上课发高烧,要不是我猫仔背着翻山越岭送到医院,你春洪早就是一堆泥巴了。没有我的帮助就没有你春洪的今天!区区两包鸡蛋,一些彩礼就来要我家秋兰,没门!不要认为我猫仔家苦女儿就不值钱。瞎子瘸子的女人都有人要。何况我家秋兰还是个美人胚子。我把女儿许给你小子,是看得起你。可是我们的好心你却当成了驴肝肺。

大水牛像钻进水管的老鼠,两头受气。

大水牛找到猫仔说,我养儿不养心,你们要骂,就骂我吧!我是想秋兰做我的儿媳妇的。

你啊!秋兰又不是和你过一辈子。你喜欢有什么用呢?你以为在街上抓猪仔啊!猫仔垂头丧气。我们秋兰是人家嫌弃的闺女。这让她以后怎么嫁人啊?

就让秋兰当我的干女儿,以后我帮她再找一个好婆家。

夜色越来越浓,两个老人还在有一搭没一搭的唠唠叨叨。

唉,你看这事情办的。

蒋芳其人其事

【导读】作品紧贴蒋芳其人探寻命运本真。主人公蒋芳历经坎坷,和伤痛。到头来得到的却是别人的中伤和误解。淳朴善良的蒋芳的内心诉求你知道吗?

蒋芳是我们福莲镇上蒋家屯的人。他背了行李跟村子里的几个汉子到市里打工。

工地上的小包工头叫钱建。蒋芳在工地上,不怕小工的重活,拿砖刀、粉墙、扎钢筋样样拿得起放得下。村子里的几个汉子看见蒋芳吃的是几个馒头,就着咸菜吃,说他是守财奴。

到年底,大包工头卷款走了。这下子可把小包工头钱建害苦了。钱建东挪西借,好不容易付清了农民工的工资。

村子里的几个汉子对蒋芳说,走了,你还想在这一棵树上吊死啊!我们到别的工地干活去。

蒋芳觉得这样走了对不起钱建。小包工头也是受害者呢。

村子里的几个汉子对蒋芳说,人不为己天诛地灭,你呀,脑壳进水了。到时候你等着喝西北风吧!

有一天,蒋芳走进了钱建的宿舍,掏出了一个包,是他自己

的积蓄呢。

兄弟,你这么信任我,我就硬着头把这个工程做完。钱建热泪盈眶。

工程快完成的时候,钱建的父亲住院了,是癌症。蒋芳看见钱建在工地上忙来忙去,就主动挑起了到医院陪护钱建父亲的工作。

良医良药没能挽救钱建的父亲的生命,终于水米不进,撒手人寰。

蒋芳披麻戴孝在钱建父亲的灵前烧纸、烧香、守灵……一直到老人入土为安。

钱建的眼睛哭得像一个樱桃。他几次哭着对蒋芳说,你不是亲兄弟,胜似亲兄弟啊!

蒋芳说,人之父母,就是自己的父母呢!两人的关系铁了起来。

工程完成后,钱建在市里开了一家钢材批发店。他让蒋芳回福莲镇开一家钢材店。有朋友的关照,蒋芳一路紧锣密鼓,从钢材店的选址、门面装修、设备安装……一路水到渠成。

蒋芳是白手起家,他很讲诚信。唯一让他操心的是资金短缺。钱建也有揭不开锅的时候呢!蒋芳就想了一个交预付款的办法。

蒋芳对老婆说,这叫借鸡生蛋。这种方法是客户要钢材前,先根据资金的用量,按市场价格缴纳一定的钱。我们就在淡季的时候进货。而交预付款的客户,大多是钢材涨价的时候才建房,我们收了他们的钱,承诺不涨价。这样对我们对客户都是有利益的。

客户果然很满意这样做。蒋芳的生意很是红火。他对困难的客户就实行赊销。客户一传十,十传百。来蒋芳店里买钢材的客户多了起来。蒋芳几年下来,就是腰缠百多万的大老板了。

蒋芳看见老家蒋家屯的路,晴天灰尘漫天飞舞,雨天坑坑洼洼,泥泞不堪就想捐一些钱,把路修好。

可是,家乡的人取笑蒋芳打工的时候没有骨气,给钱进当枪使,还帮人家当孝子。现在发财了,也是捞着人家的鸟拉尿哩。大家没有接受蒋芳的钱。而是每家每户凑钱修路。蒋芳只好深深的叹了一口气。

蒋芳在老家蒋家屯花七十多万建了一房。

蒋家屯的人有的说,显摆什么呀,这个人脑壳真的进水了,有钱不会花。要是在镇上建房,一年不知道要收多少房租呢?

在婚姻中想念爱情

【导读】有缘千里来相会,无缘对面不相逢。我的大学同学小玲谈恋爱是精挑细选,货比三家。谁不怕嫁错郎哦！性格内向,平时沉默寡言的她,会花落谁家,《在婚姻中想念爱情》给了你明确的答案。

小玲是我的大学同学,人老老实实的,性格内向,平时沉默寡言。模样嘛,一般般。一张圆圆的脸,1米55的身高。最清纯就数头后面的一条长辫子。

小玲大学毕业后在计生站工作。几年了,连一个男朋友也没有,她妈妈很着急。委托我帮忙牵线搭桥。啊,想不到,都二十世

纪了,还要唱这种拉郎配。

得,我就帮忙她撮合撮合。我先介绍了一个王副乡长给她。王副乡长聪明绝顶,戴一副近视眼睛,身高比小玲高一点点,年龄比她大八岁。第一次见面,王副乡长那温文尔雅的气质,让小玲有一种相见恨晚的感觉。她们开始交往了,我暗暗为小玲高兴。没想到,三个月后,小玲跑到我家里哭哭啼啼。我不解的问:怎么,这个王副乡长对你不合适。小玲点点头。我说:为什么呢。小玲支支吾吾,我接二连三的问她,她越说越难过。我说,别急,慢慢说。她才说:莲阿姨,搞不懂王副乡长以前和文化站的小悦恋爱了五年,小悦长得比我漂亮,能歌善舞的,都和王副乡长分手了,我怕自己以后也成为第二个小悦。我输不起。我叹了口气,说:小悦是小悦,你是你。再相处相处吧。小玲摇摇头说:算了,王副乡长整天忙着修路呀,烤烟呀,清洁工程呀,眼睛里就没有我。我这个月老一想,灶灰筑不成墙,帮人帮到底,只好再给他介绍一个吧。

第二个是一个兽医站的小于仔。小平头,矮个子,黑皮肤。小玲对小于仔的长相倒是没有异议。就尝试着和他交往。她有一天,小玲正在上班。同事西军嬉皮笑脸的说:小玲,搞母猪的来了。大家伙哈哈大笑起来。小玲的脸刹那间红得像朝霞。这天晚上,小于仔约她到郊外赏月。彩云在空中追着一轮明月,星星和萤火虫一起比一比谁的闪烁更亮,田野里一片寂静,只听见青蛙的歌唱。小于仔谈着谈着,觉得前面的小玲,就像今天他下乡在刘老根家看到的一只小绵羊,又美丽又温顺。小玲本能的躲了躲,小于仔的眼里充满了欲望。手向小玲的胸部和裙下摸去。小玲说小于仔吧可以。小于仔像跟母猪配种一样脱她的衣服,小玲鼓起勇气,推开了小于仔。第二天,小玲又跑到我家里,嘴巴翘起来老高,都可以挂一个油瓶了。好一会才对我诉苦:莲阿姨,搞不懂这个学兽医的小于仔怎么像对待禽兽一样对待一个女人,也不管人家乐不乐意。刚一见面就猴急猴急地动手动脚。太粗鲁了。我一听她的口气,这事情八成是吹了。我说:小玲呀,这高不成,低不就的。这事情我莲阿姨恐怕是帮不了你。你的白马王子还得靠你自己去追求。

一年后,当我把这些事情慢慢淡忘以后,却意外地接到了小玲的结婚请帖。

小玲和一个高个子,长着络腮胡子,头上留着一把马尾辫的成熟男结婚了。丈夫叫嘉敏,自己组织了一个乡村乐队,这个属于自由职业。只要人家红白喜事有人请才有饭吃。我愁眉紧锁的,心里想,小玲啊小玲,你是不是吃错药了。和这样的男人结婚,有爱情吗。要知道嘉敏还是个二婚头。你会幸福吗。

有时候,小玲和他的丈夫嘉敏会时不时带一些牛奶或者水果到我家,我对他们的婚后生活刮目相看。

白天,小玲按部就班,到计生站工作。丈夫嘉敏会买好菜,走进厨房鼓捣出飘香的家常小菜,让小玲吃得津津有味。柴米油盐酱醋茶,一样也不含糊,生活有条不紊。晚上,丈夫嘉敏开一辆二手面包车带小玲到红白喜事的人家里去演出。

丈夫嘉敏是乡村乐队的小提琴和萨克斯手。瞧,他们表演得多么出神入化。嘉敏手里拿着麦克风,头上留着一把马尾辫潇洒的一摆一摆。说:各位大爷大妈,兄弟姐妹,晚上好,今天是一个好日子,我们阿牛村德高望重的牛老爹,告别了他深情地爱着的父老乡亲,山山水水,一草一木,与我们永别了,一曲《父亲》,送给这位平凡而伟大的父亲。嘉敏萨克斯的声音如高山流水遇知音,小玲在乐曲声中像孔雀般的舞蹈。

午夜，表演散场了，丈夫嘉敏和小玲在面包车里，因陋就简，将就一夜，小玲说她是个石女，在这个乡村乐手的精心演绎呵护下，她就是嘉敏的小提琴和萨克斯。在这个流动的家里，嘉敏和小玲好像在天堂里如痴如醉的继续演奏属于他两的小提琴和萨克斯的天籁之音。

黑皮叔与假钞风波

【导读】黑皮叔是个老实巴交的瑶胞，他卖黄豆得到假钞确实很无奈。可是假钞风波最终也让这个善良的农民成为一个英雄。真正应了哪句，你自己去领悟吧！

黑皮叔是福莲镇石头村的一位老实巴交的瑶胞。他中等身材，长得很壮实。这会儿，他正在抽旱烟，心里发愁哩。

为啥发愁？原来黑皮叔在南宁读大学的儿子回了一封信，要家里寄五百块钱去。

第二天早上，民养婶就帮黑皮叔选了两担黄澄澄的黄豆，到湖南的涛圩镇去卖。黄豆是套种在玉米中的。从播种、到地间管理、到收割、到打黄豆，哪一样不辛苦。黑皮叔用双轮车吃力地拉着这一车沉甸甸的黄豆走在尘土飞扬的山路上。他顾不得擦去头上流下的汗水，弓着背，艰难地向前迈进。黑皮叔心里盘算着早点儿赶到农贸市场，把黄豆卖个好价钱，儿子的学费就有了着落。

气喘吁吁的黑皮叔好不容易赶到了湖南的涛圩镇农贸市场。在农副特产行,他选了一个摊位摆好黄豆,一边用草帽扇风,耐心地等待顾客。他微笑地看着市场里熙熙攘攘的人群。哈哈,市场里可热闹了。有卖大米、玉米的;有卖绿豆、芝麻的;有卖木薯、红薯的……叫卖声,讨价还价声,此起彼伏,好不热闹。

　　过了一会儿,来了一个中年人。此人生得尖嘴猴腮,戴一副墨镜,嘴里叼着一支红塔山,吞云吐雾,好不快活。他来到黑皮叔的摊位前面,用手捞了捞黄豆问:"老头,怎么个卖法?"黑皮叔说:"两块九一斤。"墨镜摇了摇头说:"太贵了,两块五怎么样。"黑皮叔说:"几好的黄豆。至少要两块七。少了就不卖。"墨镜想了想说:"两块七就两块七。你的黄豆很饱满,我全要了。"墨镜叫黑皮叔把黄豆拉到路边的一辆卡车前面,用磅称称好,总共256斤。墨镜拿计算器左敲敲,右点点,说:"总共是691块2毛。"边说边把七张百元大钞票给了黑皮叔。黑皮叔点了点钱,找了零,小心翼翼地把钱放入了口袋。

　　黑皮叔决定去猪肉行去砍两斤猪肉,自己和老婆民养好久也没有吃猪肉了。卖猪肉的是一个像关公一样的人,大伙都叫他红脸膀。红脸膀手起刀落,过好称对黑皮叔说:"两斤三两,11块钱一斤,总共是25块3毛钱。"黑皮叔从口袋里掏出了一张百元大钞交给了卖猪肉的红脸膀。红脸膀左看看右看看,说:"这是一张假币。"黑皮叔大惊失色说:"不可能,这是我刚才卖黄豆的血汗钱。"红脸膀无可奈何地说:"老表你看清楚了,这是台湾版的假币,可以以假乱真了。"黑皮叔掏出剩下的六张百元大钞交给了红脸膀。红脸膀仔细地看了六张百元大钞后说:"老表你上当了,这些都是假币。""黑皮叔气得咬牙切齿说:"混账,坑害到老子头上来了。这些猪肉我不要了。我马上去找那混账出算账去。"

黑皮叔飞快地来到刚才卖黄豆的地方,那里还有墨镜和卡车的影子。他顾不上饥肠辘辘,跑到湖南的涛圩镇派出所报了案。

黑皮叔买了两个面包,就着井水吃了,拉着双轮车垂头丧气地往回走。他刚刚走上一个山坳,从后面追上来个胖子。这人背着一个大包,边走边和黑皮叔搭讪:"大叔,赶闹子啊!"黑皮叔有气无力地说:"嗯呐。"胖子自我介绍说:"我刚刚从桂林来,看见大叔很困难想帮你发家致富。"黑皮叔没好气的说:"别拿我穷开心了,天底下那里有这么好的事情。"胖子说:"等到大叔家再说。"

胖子跟着黑皮叔来到石头村。这是一个典型的瑶族村寨。青砖黛瓦,错落有致。黑皮叔叫老婆民养挑一块腊肉,和黄豆炒,招待这个可以帮他发家致富的"远方客人。"

吃饱了饭,胖子从大包包里拿出来一套机器。他神秘地对黑皮叔和民养婶说:"感谢你们的好酒好菜。实话告诉你们,这是一台印钞机器。只要有几张百元大钞做样本,我保证让你一夜就成为万元户。"民养婶问:"这一套机器真的有这么神奇?"胖子自豪地说:牛皮不是吹的,信不信由你。"民养婶说:"我们家现在没有钱。孩子他爸,你跟我到村子里去借几百块钱来。"黑皮叔就跟着老婆出了家门,走了一段路。黑皮叔试探说:"孩子他妈,你真的想去印假币。印钱可是犯法的事情。打死我也不干。我告诉你,今天我去卖黄豆,辛辛苦苦的黄豆换来了七张假币,假币把我们害苦了。"民养婶伤心的说:"我的天,你这个猪头,孩子的学费泡汤了。谁想去印假币,给我一百个胆子我也不敢。我是想找个理由出来和你商量商量该怎么办。"黑皮叔说:"这还差不多,我以为你想钱想得疯了呢。要是我们去印假币给警察抓去,孩子在学校更加无依无靠,这才是悲哀。"民养婶说:"那依你之见,我们该怎么办？就凭我们两口子，怎么斗得过这个胖子。"黑皮叔沉思了一会儿说："我们得多动动脑瓜子。找乡派出所的特派员豆腐皮合计合计。"特派员豆腐皮听了他们的举报，认为案情重大，马上用固定电话，拨打了乡派出所所长老沈阳的电话。所长老沈阳马上作了周密部署。特派员豆腐皮对黑皮叔两口子说："这是一个制售假币的流窜犯罪分子，决不能跟他干伤天害理的事情。我们不如将计就计，来它个瓮中捉鳖手到擒来。"

于是，黑皮叔两口子就拿着豆腐皮借给他们的五百块钱装出兴冲冲地样子回到了家里。黑皮叔微笑着对胖子说："我们两口子走东家，窜西家，才借到了这区区五百块钱。怎么样，老板可以印钱了吗？"胖子拍了拍胸膛说："没问题。马上就可以印钱了。大叔，你家在山腰上，没有人来打扰，真是个好地方。"胖子从黑皮叔手中接过钱，准备印钱。黑皮叔对胖子说："好，你忙你的。我和老婆去打几碗油茶来。"胖子说："大叔，别客气。"

此时月黑风高。乡派出所的特派员豆腐皮带着所长老沈阳和几个公安民警悄悄地来到了黑皮叔家。豆腐皮对黑皮叔使了个眼色。黑皮叔大声对胖子说："老板油茶打好了。"胖子说："大叔，麻烦你送进来。顺便来看看崭新的人民币。"正在这时，公安民警以闪电般的速度，把正在做案的胖子逮了个正着。经过审问，胖子对制售假币的犯罪事实供认不讳。为了争取坦白从宽，胖子还招出了几个同伙。

几天后，黑皮叔的儿子在电视上看到了一条新闻：父亲黑皮和母亲成了破获制售假币的特大团伙案的英雄。父亲还把奖励资金全部捐给了市见义勇为基金会。电视机前的儿子感动得热泪盈眶。他记住了父亲黑皮对采访记者说的获奖感言："我们每一个人，做人要公道正派。不能干伤天害理的事情，不能把自己的幸福建立在别人的痛苦上,不能把自己的获得从损害国家利益中获得。"

七 月

【导读】留守儿童问题,是全社会关注的焦点问题。打工能打来钱,但是要以牺牲孩子的幸福的话,我认为,这得不偿失。宗苟和莲花的打工为儿子小强带来了什么呢?读完《七月》,你会恍然大悟。

宗苟和莲花是大年初五返回广东中山市打工的。夫妻俩忘不了离开家前的那个刻骨铭心的晚上。

这天晚上,莲花做了许多的菜:有扣肉、粉蒸肉、酸甜排骨、豆腐圆、白斩鸡……一家四口围在一张桌子上吃饭。宗苟看着五十多岁的老母亲说:"娘,爹死得早,家里穷得叮当响,您又当爹又当娘,帮我成家成室,不容易。明天我和莲花就要返回广东中山打工了,家里的事情就要您老人家费心了。儿子不能在家孝敬你了。我敬您老一杯。"

老母亲布满皱纹的脸上,露出苦苦的笑容说:"儿子儿媳,不打紧。我会照顾好小强的。你们就安心在外打工吧!"莲花说:"娘,你有哮喘病,多保重身体。"老母亲用枯树般的手举杯回敬他们。宗苟慢慢地举杯,好像这杯子有千斤重。还没有干杯,早已经泪流满面。老母亲说:"哭啥哩。出门在外,你们也不容易。来吃菜,吃菜。"可是莲花却迟迟不动筷子。她抚摸着六岁的儿子小强的头说:"小强,妈妈和爸爸去广东后,你要听奶奶和老师的话。不要玩得太野了。"小强先是点点头,继而,放下碗筷,伏在桌子上嚎啕大哭。宗苟说:"小强莫哭。等你放了假,爸回来接你到广东去过一个快乐的暑假。"小强说:"真的吗?"宗苟说:"爸爸还能骗人。"小强就伸出手来,和爸爸拉钩:"他们说谁骗人谁就是小狗哩。"

爸爸妈妈走后,小强常常一个人坐在家门口,眼巴巴的望着远方的天空。毛掉得快光的老母狗在旁边用爪子抓身上的跳蚤。

七月二日的早上,宗苟在工厂宿舍里,高兴的对老婆莲花说:"小强七月放假,过几天我就去接他来广东度假。"莲花神秘地说:"你猜我昨天梦见谁了?"宗苟说:"还用猜,宝贝儿子呗。"莲花说:"我梦见我们夫妻带着小强在中山的公园里快乐地坐碰碰车,吃当地小吃,照相等等。小强还夸你说话算话哩。"夫妻两憧憬着美好的未来。

第二天,宗苟接到老家堂叔的电话,对方的话让宗苟大惊失色:"堂弟,出大事情了,小强不行了,你们快点回来看一看。"

宗苟和莲花急急忙忙赶回村子里时,看见小强被关在一间小房子里,可怜巴巴的。只看见他在里面,手脚并用地在爬行,舌头像狗一样伸出来,一会儿汪汪地叫,一会儿用嘴巴舔吃地上的食物。堂叔叹了口气对宗苟说:"老弟,小强是在半个月前,大人不在家时,他的左脚被自家的狗咬了一口,当时又没有及时去打狂犬疫苗和狂犬病人免疫球蛋白,后来就发展成了现在这个样子。好可怜唉。"

莲花撕心裂肺的说:"把门打开,让我进去,好好地看看我的小强。"堂叔严厉的说:"不行,小强现在是狂犬病人,让你进去,如果被他咬了,岂不是又多了一个狂犬病人。"莲花用双手拍打

着门说:"我不管,让我们母子死在一起吧!"大家死死地拉开了莲花。小强是在爸爸妈妈回来两天后死的。宗苟和莲花怎么也没有想到这是他们看见小强的最后一面。

宗苟的老母亲说:"是娘不好,我没有照顾好小强,如果我能够换出小强不死,那该多好。我是一个老人了,死得过了,而小强才刚刚了解这个世界。"宗苟看着这个姗姗而行,两鬓白发的母亲,说:"娘,我们不怪你,要怪就怪我自己,背井离乡去打工,没有照顾好孩子。害了我的儿子。"此后,人们常常看见小强的妈妈莲花披头散发,一会儿傻笑,一会儿又用双手刨小强坟墓上的泥巴,嘴里自言自语的说;"小强,妈妈现在就带你去广东中上去玩。妈妈现在就带你去广东中上去玩。"

杏 花

【导读】本文写了一个放荡不羁的女人在保安中的形象。保安的视角很好,故事可读性很强。临门一脚,传出了这个女人是警察的一个卧底,使这个女人一下子立了起来。

二十二岁的雅琪高中毕业后一直在一个景苑小区当保安。他穿着保安服,配着警棍,悠闲的坐在门旁的值班室里。

雅琪这个时候已经长得有棱有角,一脸的青春痘。喉结也有一点点显山露水。胡须春草似地抽出泥土。

每天出入小区的人数不胜数,许多都过眼云烟。雅琪却对一个人印象特别深。

这个人身体像根豆芽,上衣是低胸的吊带服,袒露的脖子白得像根葱。雅琪还发现这个美眉喜欢不穿内衣,两个丰满的乳房,随着走路的节奏上下颤动。她修长的大腿,配着露出膝盖的牛仔裤。这个人,在他的登记簿上的名字叫杏花。

每一次,雅琪看见杏花喉结就动了一下,做了个吞咽的动作。

晚上,雅琪躺在床上,滚煎饼般睡不着。脑子里老是白天杏花影子的回放。"嘀嘀"一辆黑色的宝马车停在了刷卡区,车子的窗门缓慢的放下来,车主驾驶上是个戴着墨镜的汉子,大腹便便。雅琪看了看副驾驶上的是杏花,她正在用涂着紫色的兰花指夹着香烟。红红的嘴唇吧唧吸了一口,脸颊慢慢地陷进去,双眼皮眨了一下,一圈一圈的烟雾就袅袅的升到空中。雅琪尴尬地笑了下。连忙登记,放行。黑色的宝马车驾进小区。男人绅士般地下来拉开了车门。杏花用手弹了弹烟头,冷傲地抬起头,又吸一口,钻出了车。

这个杏花大概是做了别人的小三。怪不得,这个戴墨镜的男人每个星期都在周末来会她一次。雅琪用手挠了挠后脑勺,说,他们大概是去兜风才回来!

朦胧中,雅琪继续像电影的镜头一样,一帖一帖在眼前切换。就在今天夜里,雅琪去小区里巡逻的时候,在8栋楼二楼里发现了一个熟悉的身影,杏花穿着睡衣,正在举着酒杯和一个大腹便便的男人碰杯。她们在喝张裕解百纳,还是喝威士忌……妈的,有钱就是好!等哪天我发达了,我也找一个像杏花一样的女人包起来。雅琪正想着,就望见男人放下酒杯,从怀里掏出了个盒子。杏花一笑,露出两个小酒窝。雅琪猜大概盒子里是女人

喜欢的戒指,或者耳环、手镯之类的东西。男人屁颠屁颠闪进了卧室。杏花用涂着紫色的兰花指哗啦一声拉上了窗帘。雅琪转念一想,说不定,刚才盒子里的是情趣小雨衣哦。这对男女,会享受。雅琪朝地上吐了口口水,刚想说,厉害。来世投胎也要变个有钱的主。但是话到嘴边又咽了下去。

　　雅琪第二天起床,发现自己在床单上画了一幅地图。

　　这些天来,雅琪都没有看见瘦瘦的,性感的杏花。也没有看见戴着墨镜,大腹便便的汉子开宝马过来鬼混。这对男女人间蒸发了。要是换了我雅琪可不能让这么漂亮的美眉独守空房。我就夜夜笙歌。

　　雅琪在没有看见杏花的日子里,心里好像空落落的。觉得这段日子吃饭好像饭里混有几个沙子,吃肉的时候,又似啃着树皮。妈的,人家杏花傍大款,我雅琪怎么会这样。

　　日子如白驹过缝。这天,雅琪正在值班室里看电视新闻。

　　今天我市成功捣毁了一个制售毒品窝点······这个制售毒品窝点的毒枭就在我市五环路景苑小区。我市女民警化装成一风尘女子,救了毒枭的命。取得他的信任后,女子将计就计摇身一变成为毒枭的情妇,巧妙与毒枭周旋。雅琪瞪大眼睛看了画面,原来这个化装成毒枭的情妇是杏花。杏花经过两个月艰苦卓绝的卧底,终于从毒枭手中掌握了犯罪团伙的确凿证据······我市人民警察接到卧底的情报后,展开了代号为"猎豹行动"的搜捕,将犯罪分子一网打尽。杏花在这次抓捕行动中,不幸中弹,以身殉国,谱写了新时期人民警察一曲壮丽的颂歌。

　　雅琪眼里流下了泪水。用手扇着自己的脸,说,我真不是人。我狗眼看人低。我是畜生。我整天胡思乱想,不思进取。该打,该打。

瑶家夏韵

【导读】小说写了两代人对非物质文化遗产的传承。她们的执着，使民间的手艺得以延续。小说没有故事情节，西方化的小说写法，让人耳目一新。

瑶乡那青砖黛瓦的房子，错落有致地散落在山坳里。整洁幽深的院落里，不时传出织机的响声，为宁静的乡村平添了许多诗情画意。

夏天地里的花生、玉米正拔节哩。村里的妇女们早已闲不住，利用雨天或农闲时，三五成群地聚在一起，纺线的、取样的、请教的、品评的、切磋的……忙忙碌碌地，乐在其中。

我见过瑶家的瑶锦，一般用作被面和绑带。一个新媳妇入门，有十多床瑶锦哩。瑶锦用棉纺织，这种纱线，通常是二至三股纱线合成。所以瑶锦经久耐用，因为它厚达一分多。现如今，许多妇女一般用上市场买的五彩洋纱，织出的瑶锦更如五彩斑斓的画。瑶锦的图案既美观又大方，极具民族特色。花锦有山水、花卉、鸟兽虫鱼、人物等图案。字锦有唐、宋名家的七绝，文化大革命期间，有人在织物上织出了毛主席语录、诗句。还有的字我一点也不认得，大概那是古老而又神秘的"女书"字锦吧！当代聪明的瑶乡人在瑶锦上织出了盼奥运、迎世博等时代主旋律的图案，更令人啧啧称奇！可你想过吗？这么巧夺天公的精美瑶锦，是在

这恬静的瑶家小巷里诞生的呢!

在劳作中,你常常会看到这样的情景。妇女们一边唱着《行娘歌》:"七岁架车学纺棉,八岁过手纺细纱,九岁绣花花一朵,十岁功夫不求人,十一岁穿筘学踩机,十二岁织出龙凤珠……"一边转动着梭子、纺车劳作,欢声笑语,其乐融融。

夜里,在明亮的灯光下,常常可以看见母亲们拿一碗油茶给伏在织布机上的女儿们喝。做女儿的到了做行娘的时候,她们正争分夺秒地赶嫁妆。你看织机上的她时而托着香腮凝视构思;时而发出几声咪咪的笑,憧憬着到夫家的美好生活;时而脸上红晕绽放如花……做母亲的放下碗,对女儿的手艺自然要指教一番,评点一二,把传统的民间技艺不断创新。做女儿的不时谦虚点头,母亲抿嘴微笑,满屋荡漾着和谐的教学气氛。女儿们决心用灵巧的双手织出幸福的明天,织出灿烂的瑶族文明。

瑶家夏韵的诗情画意远不仅仅在于瑶家的恬美和妇女们的勤劳,而更在于她们心中毕生对非物质文化遗产的传承,让瑶锦走出瑶乡,走向东盟,走向世界。瑶家的夏韵是瑶乡妹子为瑶锦描绘美好蓝图的起点,瑶锦的明天会更加美好!

(本文发表在广西《贺州日报》2010年8月11日。)

翠萍的遭遇

【导读】作者关注小人物的命运。翠萍的遭遇告诉我们,社会是纷繁复杂的。一个人要有价值观。你才不会迷失在漩涡里。

翠萍在广东佛山一家私人酒店打工。她来广东打工是迫不得已。而她因为年龄小,厂里不敢收,她只好在一家私人酒店端盘子、洗碗这些杂活。

　　翠萍小学只读到了二年级,她爸爸得了肝硬化,花了不少的钱,她从那时候就辍学了,回家跟牛屁股。翠萍每天把牛赶到山岗上,牛悠闲地吃着草。翠萍却不能闲着,挎了个篮子,蹲下身子打猪草。家里的猪等着养肥,卖了钱给爸爸看病。

　　翠萍是个懂事的孩子,除了放牛、打猪草,她还帮妈妈干其他的家务事。妈妈每天带着几岁的她帮人家打"钟点工"。有时候是帮人家剥烤烟,翠萍戴着斗笠,顶着炎炎烈日,弓着腰走在烟行里。手上是黑黝黝的烟油,头上是雨点般的汗珠。有时候是帮人家理烤烟。两毛钱一根烤烟竹。翠萍用手把烤烟放下来,妈妈按烟色等级一把一把的理。一天下来腰酸背痛的。

　　翠萍每天帮妈妈数收到手的人工钱,粘了唾沫,一张一张的数,并记在一个发黄的本子上,再把钱放在一个小箱子里。这些可是爸爸的救命钱呢。

　　翠萍十三岁的时候,爸爸的肝硬化越来越严重,变成了肝硬化腹水,肚子大得像个簸箕,最后撒手人寰。

　　翠萍含着眼泪,和妈妈道别,她背了个小小的行囊,行囊里是几套换洗的衣服,还有妈妈缝在衣服领头里的四百块钱。

　　酒店里的生意比原来好多了。顾客不是冲着酒店的招牌菜来的,他们是冲着翠萍来的。顾客望着这个小雏,眼睛直直的聚焦在翠萍可人的身上。

　　酒店的麦老板也对这个乡下来的妹子刮目相看。翠萍从不偷懒,人勤快,嘴上像抹了蜜一般甜,顾客乐呵呵地说,下次一定还来你们酒店消费。

翠萍在酒店里端盘子,有一次,不小心把汤滴了几滴到一个顾客身上,这个顾客长得牛高马大,高粱一样黑红的皮肤。他立马拉下脸来。

老板,对不起,我给你洗干净好吗?

谁要你洗?

那我赔你?

我这件衣服两千多元,好,你赔。

翠萍大吃一惊,这衣服这么贵。这时候,酒店的麦老板出来打圆场,一边训斥翠萍的不是,一边从衣兜里掏出一叠钱。这个顾客才甩门而去。

有了这事情,翠萍打心眼里感激麦老板,她干活更加卖力气。

这天,酒店打烊了,昏黄的灯光下,翠萍围着围裙,把杯盘狼藉收拾好,倒了洗洁精,弯下腰搓洗着碗。麦老板从后面抱住了她。

老板,不要这样。

你跟了我,吃香的,喝辣的。

不行的。

你们女人嘴上说不要,心里却是想要。你以为我不知道。麦老板把她抱得更紧。

你就从了我吧!麦老板把嘴拱到了翠萍的脸上。

翠萍挣扎着,麦老板像条蛇一样缠着她。

啪!啪!麦老板被扇了两个耳光。感觉火辣辣的难受。

老板娘叉着腰,怒目圆睁,你个花心大萝卜,竟敢背着老娘偷吃……老板娘又扑上去,用手扯麦老板的头发,人家还是个黄花大闺女,人家都不乐意,你真是不知廉耻……

麦老板放开翠萍,翠萍跑到一个角落里嚎啕大哭。

看见老婆和一个经常给酒店送粉的小伙子,在对自己指指点点。麦老板狠狠地瞪了他们一眼,走了。

原来是给酒店送粉的小伙子看到麦老板图谋不轨,才搬出了老板娘演了这出好戏。

翠萍说,看来我得回乡下了,酒店打工的事情又黄了。

你要是不嫌弃,到我的粉坊工作吧。小伙子向她伸出了手。

翠萍还能说什么呢。她背着空空的行囊,走在这个霓虹灯闪烁的路上。这个路灯只能照到有限的空间。黑暗的地方还是有的。

我那个时候就认准了这个小伙子。觉得他的出现是缘分。他是我今生可以托付的人。在结婚典礼上,新娘翠萍这样对闹洞房的亲朋好友敞开心扉。

的确如此,翠萍从那一夜懵懵懂懂到了小伙子的粉坊,开始了新的生活,是她人生的一个转折点。在以后的五年相处中,她和开粉坊的小伙子相知相爱,最终喜结连理。

那一夜

【导读】爱情的追求不会一成不变。阿健开始是缩手缩脚。出手时机成熟,你就要出手,不要等无花空折枝。在瑶乡有男人不唱梁山伯,女人不唱九娘歌的说法。

我这个故事里的男女主人公都是青梅竹马长大的。

阿健是我们村的一个芦笙手。他吹起芦笙,声音余音袅袅,绕梁三日,能让百鸟朝着阿健翩翩起舞。阿玲是我们村芦笙长鼓舞队里的长鼓手。都是队里的顶梁柱。她们表演起来,琴瑟璧合。

阿玲是我们村的一朵山茶花。山里的许多汉子都想采到这朵魅力四射的山茶花。

阿健是一个孤儿,家里穷得叮当响。可是他却深深地爱上了阿玲。

阿健每一次经过阿玲的阁楼,目光总是磁铁一般,离不开阁楼这个磁场。但是,他看见同寨子的爆发富老金的儿子在阿玲的阁楼里,阿健只好走了。

队长说,阿健你也老大不少了。和你同龄的伙伴的孩子都上初中了。

阿健说,我没有桃花命。

芦笙长鼓舞队队长埋怨阿健,阿玲是一个金凤凰,你要不好好争取,要知道肥水不流外人田。阿健说,队长,阿玲可能有相好的了。

队长说,一家养女,百家求哩。

阿健说,我家庭困难,怕人家看不上。我不好开口。

队长说,人爱人,鬼爱神。山中只有腾缠树,没看见还有树缠腾的。你只要用心大胆去爱吧。瑶家姑娘阁楼的大门,永远为敢爱的人开着。

阿健说,那我试一试。

中午,阿健拿了一个香囊来准备送给阿玲,却看见阿玲正在为自己的心上人制作一个精美的绣球。阿健心里想,原来她早就有了自己心目中的白马王子。阿健不动声色地躲在阿玲的窗外,用心地看。瞧，五彩的丝线正在阿玲的玉手中一针一线地绣针下，一缕一缕从绣球上垂下来。绣球上绣着花开并蒂和鸳鸯戏水的图案。阿玲是把爱融入到了绣球里了。阿健心里想，要是这个绣球的主人是自己，那该多好啊。可是，人家会接受我这个香囊吗？他在阁楼下徘徊又徘徊。但是没有勇气推开阿玲的阁楼的大门。

这天，皎洁的月亮轻轻地抚摸着瑶寨，星星在苍穹一眨一眨地眨眼睛。村祠堂里人们正在排练，阿玲跟着阿健和着燕语呢喃的芦笙曲子，敲着欢快的鼓点，左左右右往来穿梭，时而踢腿，时而坐堂，时而跳跃……他们共同把芦笙长鼓舞表演得出神入化。期间阿玲不断地向阿健暗送秋波。阿健却收回目光，让阿玲丈二和尚摸不着头脑。

排练完后，阿玲闷闷不乐地回家。阿健连忙一前一后得跟着她回家，山道上百鸟已经归巢，没有呼朋引伴的声音。阿健想，要是自己也和阿玲一起归巢，那么是多么幸福呀。再走过一片竹林时，阿玲呀地一声，痛苦地倒在草地上。

阿健连忙扶起她说，阿玲你怎么了。

阿玲咯咯地笑起来说，没什么，扭了一下脚

阿健帮她牵拉了好一会儿说，阿玲你长得好漂亮。不知道会好着那个后生仔。

阿玲脸似三月的桃花说，你看前面那个凉亭，和月亮在一起是多么幸福。

阿健说，你是说近水楼台……

阿玲点点头说，好你个臭小子，我看你像梁山伯一样，是个四方木头老是反应不过来。

阿健说，好妹妹你又来了。

阿玲放下双手说,阿健快闭上你的眼睛,猜一猜我送给你一件什么礼物?

阿健闭上眼睛说,荷包。

阿玲说,不对。

阿健说,布鞋。

阿玲说,还是不对。

阿健说,我猜不出来。

阿玲说,我数一二三,你就睁开眼睛。阿健睁开眼睛,看见一个精美绝伦的绣球在自己的脖子上挂着,随口就唱到:连就连哩,我俩连结到白头……阿玲的脸上就红霞飞了。阿健以前只是暗恋阿玲,现在看见阿玲对自己一片真心,自己真是艳福不浅。他双手抱着阿玲亲吻起来。阿玲像一只温顺的小猫,靠在阿健的伟岸的怀里。阿健的手在上下游移。他们在草地上滚动着,连月亮都躲进了云朵里,它怕惊扰了阿健和阿玲的好事。阿健望着阿玲身体下的那一朵灿烂的山茶花,一脸的幸福,眼中含着泪水喃喃地说,阿玲,我会好好爱你,呵护你,让你过上幸福的日子。

几年后,阿健和阿玲表演芦笙长鼓舞成功了,受聘于一个旅游景区,日子过得像蜜甜。不过他们没有停滞不前。而是业余用竹子制作芦笙,用泡桐制作成长鼓的工艺品卖。很快,他的工艺品越来越受到了游客的欢迎。阿健注册了商标,扩大了生产规模,自己开了家公司,实现了爱情事业双丰收。